शादाब

शादाब

काव्य के सोपान

रमेश चंद डढवाल

Sarvatra
An imprint of Manjul Publishing House

Sarvatra
An imprint of Manjul Publishing House
♦ द्वितीय तल, उषा प्रीत कॉम्प्लेक्स,
42 मालवीय नगर, भोपाल-462 003
♦ सी-16, सेक्टर 3, नोएडा, उत्तर प्रदेश, 201301
वेबसाइट : www.manjulindia.com

यह संस्करण 2022 में पहली बार प्रकाशित

शादाब : काव्य के सोपन

ISBN 978-93-5543-130-1

रमेश चंद डढवाल इस पुस्तक के
लेखक होने की नैतिक ज़िम्मेदारी वहन करते हैं

मुद्रण व जिल्दसाज़ी : रेप्रो इंडिया लिमिटेड, मुंबई

अनुक्रम

मन के उद्गार

एक नया किरदार मेरे संग रहना चाहे...

इस किरदार के बारे में कुछ नहीं कहा जा सकता...

बस मेहमान की तरह कुछ रोज मेरे साथ रहने आया था...

इस किरदार ने बहते-लहराते, नाचते-गाते, इतराते-इठलाते हुये शब्द चुने...

कभी किसी दबी, सोयी, भूली-बिसरी याद को जिंदा किया...

कभी इश्क की वर्षा में भीगता हुआ मिला...

कभी पिया मिलन की विरह, उत्कण्ठा, विवशता को प्रकट किया...

कभी ख्वाब पैदा हुये तो हवाओं में रंग देखने लगा

कभी उमंगों ने पंख फैला कर उड़ान भरनी चाही तो उड़ चला...

कभी निराशा में घिर गया तो कभी आशावान हो उठा...

कभी अथाह विस्तार से अभिभूत हुआ तो असीम चादर की तरह बिछता, फैलता चला गया...

कभी स्थूल पदार्थ को ऊर्जा में परिवर्तित हो कर तिरोहित होते देखा तो अवाक रह गया...

कभी खाली आसमान भरा भरा दिखाई दिया तो कभी सब कुछ वाष्पीभूत होते देखा...

कभी दैवीय, नैसर्गिक, पारलौकिक, गूढ़ और गुप्त रहस्यों के ऊपर से धीरे से चादर खिसका दी

कभी परम सत्ता से मज़ाकिया अंदाज में भी वार्तालाप कर लिया..

मैं भी इस किरदार के साथ शब्द-धारा में बहता रहा

इसके साथ कभी गाया, कभी नाचा, मुस्कराया, उदास हुआ तो कभी हंसा भी...

पहले दो लाईन, फिर चार लाईन, बेणी से त्रिबेणी और गंगोत्री से निकलती हुई गंगा ने सागर की यात्रा शुरू कर दी।

प्रस्तुत संकलन में इस किरदार के माध्यम से उतरे ख्यालात एवं विचार समाहित हैं।

प्रारम्भ में जब कवितायें तैयार हुईं तो कुछ प्रकाशकों को बड़े संकोच भाव से प्रकाशन हेतु भेजीं।

सबसे पहले कनेडा से प्रकाशित होने वाली त्रैमासिक पत्रिका 'वसुधा' के 68वें अंक (अक्तूबर-दिसम्बर, 2020) में 'तस्वीर' नाम की मेरी पहली कविता प्रकाशित हुई जिसके लिये डॉ.स्नेहा ठाकोर, सम्पदिका, का मैं बहुत आभारी हूँ।

उसके बाद युग जागरण लखनऊ, इंदौर समाचार इंदौर व रेड हैंडेड दिल्ली के समाचार पत्रों में प्रकाशित हुईं।

उन सभी प्रकाशकों का धन्यवाद जिनके प्रकाशन से मेरी हिम्मत बढ़ी।

मेरे प्रोत्साहन में एक व्यक्ति और हैं जिन्हें याद करने से मैं चूक नहीं सकता।

मेरे बहुत पुराने मित्र दिल्ली के रहने वाले, श्री सुरेन्द्र सिंह ग्रोवर, जो व्यवसायिक तौर पर इलैक्ट्रौनिक इंजीनियर हैं।

वे नवम्बर 2020 में शिमला आये।

सुबह जब वे दिल्ली वापस जाने को थे तो यूँ ही विदाई के समय उन्हें अपनी कविता की दो चार लाईनें सुना दी।

उन्होंने उत्सुक्ता दिखाई तो मैंने अपना लिखा उनसे सांझा करना शुरू किया और फिर सिलसिला शुरू हुआ मेरी कविताओं का एक इलैक्ट्रॉनिक इंजीनियर द्वारा संश्लेषण, विश्लेषण और संशोधन का।

यह शब्द काट दीजिये, ये जोड़ दीजिये, इसकी जगह ये शब्द रखिये, ये मज़ा नहीं आया, यह बहुत अच्छा है, वाह-वाह, नहीं-नहीं, छोड़ो आप की कविता है आप ही जानो, आज इतना ही, अब नहीं, कल देखूंगा, आहो... उनकी टिप्पणियां बड़ी रोचक होतीं थीं। जिस दिन मैं कुछ न भेजूं तो कहेंगे, कविता लेखन से सन्यास ले लिया क्या? यदि मैं उनसे प्रत्युत्तर पूछ लूं, या कोई आलोचनात्मक बात पूछ लूँ और उनका मन न हो तो कहेंगे, तनख्वाह बढ़ानी पड़ेगी...। मित्रता की उस प्रतिमूर्ति को याद करना उनके प्रति प्रेमपूर्ण आभार है।

मेरी संगिनी शारदा जो बड़ी उत्सुकता से मुझे लिखते हुये देखती है, उसकी मौन भाव-भंगिमायें, मज़ाक, अभिव्यक्तियां, टिप्पणियां और सबसे बड़ी बात बिना दखल के सहयोग बहुत बड़ा योगदान है।

इसके साथ मैं हिमाचल प्रदेश के अग्रणी एवं वरिष्ठ साहित्यकार माननीय श्री एस.आर. हरनोट साहब जी एवं श्री कुलदीप गर्ग तरूण जी का आभारी रहूंगा जिन्होंने मुझे मेरे लेखन को बेझिझक प्रकाशित करने में प्रोत्साहित किया।

मैं मंजुल पब्लिशिंग हाऊस, भोपाल का भी दिल से आभारी हूं जो मेरे इन भावों को कृति रुप दे रहे हैं।

मैंने कई शामें इस किरदार के साथ बितायीं हैं और आज अंततः वो दिन आ गया जब यह किरदार हाथ छुड़ा कर जाना चाहे... तो अपने इस किरदार को अल्विदा...

मैं उम्मीद करता हूं आप इस लेखन को यथारूप स्वीकार करेंगे।

—रमेश चंद डढवाल

कवितायें

1. प्रार्थना

कालीदास का मेघदूत हम भी गुनगुनाएं,
काव्याना मौसम है चलो मेघ-मल्हार गाएं।
तिरते शब्द अगम से जमीं पे उतार लायें,
मोती जवाहरात जड़ित शब्द-मंजूषा बनायें।

चलिये चाँद से एक मुलाकात कर लें,
पूर्णिमा की चांदनी से कुछ बात कर लें।
नर्तन करती हुई शुभ्र-शीतल चंद्रमा की,
किरणों से कविता का श्रृंगार कर लें।

तैराक कोई सागर में डुबकी लगायें,
तभी कोई माणिक या मोती ढूंढ लायें।
चलो आज हम भी कुछ जोखिम उठायें,
शब्दों के सागर से कुछ छंद ढूंढ लायें।

कलियां फूल खिल कर पुराने हो जायें,
रंग-खुशबू गायब कब न जाने हो जायें,
आओ नयी चमेली, रजनीगंधा उगा लें,
भीने-भीने खुश्बूदार शब्द-सुमन जुटायें।

अनंत तक फैले... तेरे ध्रुवतारों में,
अद्भुत, रंगीन दुनियां के नज़ारों में,
कोई रंग भर दूँ, मेरी औकात क्या,
मैं कौन भला उन लाखों हजारों में!

मेरी लेखनी में तुम सांस-प्राण भर दो,
शून्यवत हूँ मैं, मुझे स्वयं से भर दो।
कविता में जीवन, शायरी में धड़कन,
मेरी इस गागर में महासागर भर दो।

2. अनन्त की चाह

चिरयात्रि की चाह अथाह मन्ज़िल-राह अनन्त
अनवरत अज्ञात की ओर अग्रसर जीवन पर्यंत।

पग छोटे, राह कठिन, मार्गदर्शक भी मूक बधिर,
पथ से पथिक अपरिचित, दिशासूचक यन्त्र अस्थिर।
भूल-भुलैय्या खेल जगत यह भ्रमजाल की चौसर,
चिरकालिक मोहपाश का बन्दी कभी दिखे स्वतंत्र।
महाविस्तार सदा अज्ञात नापतौल के यंत्र निरर्थक,
अतीन्द्रीय अलौकिक सब साधन कोई नहीं सार्थक।
विस्मय विमुग्ध अवाक निःशब्द हर विधा का अन्त,
पर अनवरत अज्ञात की ओर अग्रसर जीवन पर्यंत।

अमृत वेला से गौधूली तक शुभ्रता का वो प्रतीक,
गहन से मद्धम हो जाता पुनः प्रकट होता प्रतीत।
अज्ञात कोई खेल चल रहा ग्रह नक्षत्रों का नभ में,
सतत साधनारत मौन विचरण चुप्पी साधी सब ने।
चिरयात्रि असमंजस में अनुगमन करे तो किसका,
पंचभूत की करे सुरक्षा या लौटा दे है जिसका।
विस्मय विमुग्ध अवाक निःशब्द हर विधा का अन्त,
पर अनवरत अज्ञात की ओर अग्रसर जीवन पर्यंत।

खुली आँख का दृश्य विचित्र बन्द आँख का दूना,
कभी दिखे ये महा-लुभावन और दूजे पल सब सूना।
चैतन्य का खेल अस्तित्व विचित्र इसकी माया,
खुद से खुद को छिपा रखा है खुद में खुद समाया।
चेतन रहे तो जीवन वर्ना इक टूटा हुआ खिलौना,
कुछ बरसों की मोहलत फिर बस धरती बने बिछौना।
विस्मय विमुग्ध अवाक निःशब्द हर विधा का अन्त,
पर अनवरत अज्ञात की ओर अग्रसर जीवन पर्यंत।

3. अनजानी आहट

कैसी इक अनजानी सी ये आहट!!!
कौन है द्वार पर, किसने सांकल खनकायी है,
कौन है, अपरिचित पदचाप कानों तक आयी है,
कोई आगन्तुक बरसों से इधर तो आया नहीं,
सहसा आज किसे इस द्वार की याद आयी है।
हो रही चिर सन्नाटे में सरसराहट...
कैसी इक अनजानी सी ये आहट!!!

टूट चुके हैं वातायन, पुराना किवाड़ भी जर्जर,
थकी दीवार भी कब से खड़ी है बेचारी नींव पर,
छत है कि बना के झरोखे ताकती आसमाँ को,
निशाँ बने हैं गुजरे मौसमों के पुराने फर्श पर।
है वक्त के थपेड़ों की लिखावट...
कैसी इक अनजानी सी ये आहट!!!

बाहर भीतर इक मौन घिर आया है अब तो,
सिर्फ शून्य ने ठिकाना बनाया है इस घर को,
शायद कोई ख्याल पुराना आ टकराया होगा,
निर्जनता होती है अक्सर इस वादी में अब तो।
शायद मेरे मन की पुरानी आदत...
कैसी इक अनजानी सी ये आहट!!!

4. वो 'आज' आज भी है

वक्त के साथ सब बदल गया बिन-बदला कुछ आज भी है,
बीते कल और अगले कल के बीच वो 'आज' आज भी है।

प्रारम्भ कहां और अंत कहां चिरयात्री यह चिंतन करता,
अपने तर्कजाल का स्वयं ही पक्ष लेता कभी खंडन करता।
ज्ञान और विज्ञान की संधि शायद अनुसंधान करें कुछ,
सार्वभौमिक सयुंक्त विधा 'गर मिले तो दोनों हल करें कुछ।
अभेद्य चक्रव्यूह में घुटता महाप्रश्न चिरकाल से,
महाचेतना विस्फोटित हो तो मुक्त करे महाजाल से।
सृष्टि के प्रारम्भ में था वो ज्वलन्त प्रश्न आज भी है,
बीते कल और अगले कल के बीच वो 'आज' आज भी है।

महारागिनी महामाया की छद्म-भ्रमित सी करती बातें,
दिवास्वप्न महारोग ने घेरा बिन निद्रा के बीती रातें।
रिक्त हाथ प्रस्थान किये जीवन-रण हारे विश्वविजेता,
आश्चर्य कि जन-मानस ने उनको माना आदर्श-प्रणेता।
आश्चर्यजनक चिर पुरातन पुनरावृति है धरा का प्राणी,
विद्यमान है आदिम युग की आज भी असभ्य निशानी।
नवीनतम-पुरातन सम हैं प्रारम्भ जो था वो आज भी है,
बीते कल और अगले कल के बीच वो 'आज' आज भी है।

हाथों पर जो खिंची रेखाएं मार्ग-दिशा के नक्शे थे शायद,
होनी न हो सकी पराजित जीवन भर यह चली कवायद।
श्वासों और प्रश्वासों के बीच आंख मिचौली चलती रही,
विध्वंस और रचना की ज्वाला कभी बुझी कभी जलती रही।
मुख्यमार्ग पर गतिशील रहा पर चौराहों पर भ्रमित हुआ,
असमंजस में चुना रास्ता पुनरावलोकन कर चकित हुआ।
व्यथित उल्लासित प्रतिक्रिया करता जीवन आज भी है,
बीते कल और अगले कल के बीच वो 'आज' आज भी है।

अपनी भी कुछ यही कहानी पर होना था अपवाद मुझे,
सुदूर क्षितिज पर धरा-अम्बर का सुनना था संवाद मुझे।
पदार्थ किस प्रक्रिया के चलते क्योंकर चेतनवान हुआ,
विस्तारशील अस्तित्व कैसे किस घड़ी भगवान हुआ।
निराकरण अवश्यम्भावी व्यवधान अगर मिट जाए तो,
उत्प्रेरक कोई ज्ञाता-ज्ञेय का अंतराल समेट पाये तो।
पदार्थ-चेतना का अद्भुत संयोग शाश्वत रहस्य आज भी है,
बीते कल और अगले कल के बीच वो 'आज' आज भी है।

5. ज़िंदगी के इम्तिहान

वर्षों बाद छुआ उसे वो छुअन लाजवाब लगी,
मुझे मेरे हाथ इक पुरानी किताब लगी!
वो किताब कोई और नहीं मेरे पाठ्यक्रम की थी,
जिंदगी की जद्दोजहद के लिए किए गए श्रम की थी!!

मन ही मन हर्षाये हम आखिर मीत पुराने थे,
उसके साथ बिताए हमने लड़कपन के जमाने थे...
हम अपनी किताब से लिपट कर गले मिले,
फिर भूली बीती यादों के सिलसिले चले...
भावुक और द्रवित हुआ मन जब पन्ने पल्टाये,
सब पुराने किस्से फिर से मानसपटल पर उभर आये...

वो भवन के दरो-दीवार, प्रांगण,
वो सहपाठी, मेरे अध्यापकगण,
कक्षाओं की वो दोहरी कतार,
वो छुट्टी की घण्टी का इंतजार,
सप्ताहांत के बाद का वो सोमवार,
इम्तिहान के डर का वो झूठा बुखार...

वो पीले परिधान वाली, वो सर्पीले बाल वाली,
मदहोश आंखों वाली, वो हिरणी सी चाल वाली,
छुई-मुई सी शर्म वाली, वो हंसमुख मखौल वाली,
वो दबंग सी लड़ाकी, वो बड़े डीलडौल वाली,
वो झगड़ैल लड़कों का झुंड जो लड़ने को उतारू,
वो कक्षा के शीर्ष मेहनती और जुझारू,
वरीयता पटल पर वो शीर्ष नाम वाला,
परिणाम सूची से कोई गुमनाम वाला।

वो पोथी, वो संखिया, वो गठिया पहलवान,
वो अध्यापकों को दिए हुए अटपटे से नाम,
उफ़्फ़ वो शरारतें जो मिलती सजायें,
पलकों पे उतर आयीं वो सारी घटनाएं!!!

तभी हवा के झोंके से पन्ने फड़फड़ाये,
हम यादों के भंवर से निकल बाहर आये,
यादों के ताने-बाने का झटके से तोड़ धागा,
मुझसे मेरी किताब ने इक सवाल दागा!!!

कहां खो गए कुछ अपनी सुनाओ,
जिंदगी की डगर पर श्रीमान कैसे हैं?
मेरे इम्तिहान पर तो मुझे कोसते थे,
अब कहो जिंदगी के इम्तिहान कैसे हैं?

जिंदगी के इम्तिहान!?!?
मत पूछो! जिंदगी के इम्तिहान न पूछो!!

न पाठ्यक्रम न सत्र, न उत्तर न प्रश्नपत्र,
न छुट्टी की घंटी, न छुट्टी का प्रार्थनापत्र,
हर समय कक्षा किन्तु अध्यापक कोई नहीं,
बड़ा विश्वविद्यालय किन्तु संचालक कोई नहीं!
कौन ले रहा संज्ञान न पूछो,
जिंदगी के इम्तिहान न पूछो...!!!

प्रयोगशाला के प्रयोग जैसी, नदी-नाव संयोग जैसी,
मरीचिका के पानी जैसी, परियों की कहानी जैसी,
क्षितिज के मिलान जैसी, तीर और कमान जैसी,
बादलों की छांव या रेत के मकान जैसी,
अनंत की लीला, शून्य के निशान जैसी,
इंद्रधनुष के रंग जैसी, डोरी और पतंग जैसी,
फागुन के फाग जैसी, या पानी के झाग जैसी,
और कुछ इसका वखान न पूछो,
जिन्दगी के इम्तिहान न पूछो...!!!

कभी कभी हंसते हुए दिन-मास निकल जाते हैं,
कभी कभी मुस्कराने को भी तरस जाते हैं,
खुद ही रूठ कर हम खुद को मनाते हैं,
खुद से पूछ कर हम खुद को समझाते हैं,
हर प्रश्न का हर बार उत्तर बदल जाता है,
अगर उत्तर सही सम्भालो तो प्रश्न बदल जाता है,
कभी कभी मेहनत पर भरपूर फसल आती है,
कभी कभी हाथ से तकदीर फिसल जाती है,
किस पर डालें दोष और इल्जाम न पूछो,
जिंदगी के इम्तिहान न पूछो!!!

ऐसे-ऐसे कर्म किये हैं, कुछ कहने कुछ न कहने लायक,
वर्जित फल भी खा गए सब रह गए अब पछताने लायक,
गले पड़े कुछ ढोल हैं ऐसे जो न रहे बजाने लायक,
सुर ताल में पड़ी दरारें गीत नहीं अब गाने लायक,
कितनी सच्ची, कितनी झूठी, आन-बान और शान न पूछो,
जिन्दगी के इम्तिहान न पूछो!

कुछ पाने की चाहत में जिंदगी ही खो चुके,
न कोई अपना हुआ न हम किसी के हो सके,
दो तन पास हुए भी तो क्या योजनों की दूरी रही,
पूर्णता का लक्ष्य था पर अन्तस की प्यास अधूरी रही,
झूठ दिखावे का पुलिंदा सर पर रख कर ढोते रहे,
होंठों पर इक छद्म हंसी और भीतर मन में रोते रहे,
बहुत प्रश्न हैं मन को घेरे पर उत्तर ओस का पानी,
कौन संवारे जीवन गुत्थी अब कहां जाए यह प्राणी,
बस्ती, धरती यहां तक कि बंटे हुए भगवान न पूछो...
जिंदगी के इम्तिहान न पूछो...!!!

आशा और निराशा में जब रही डोलती वाणी,
एक महामानव ने मुझसे बोली इक बात सयानी,
समय-स्थान और प्रेम का परिणाम है यह जिंदगी,
रहस्यमय संयोग और वरदान है यह ज़िंदगी,
अद्भुत, अद्वित्तीय कृति कोई इसका पर्याय नहीं,
अनवरत लीला है यह अन्तिम अध्याय नहीं।
प्रश्न-उत्तर व्यायाम बुद्धि के परम का प्रमाण न पूछो...
जिंदगी के इम्तिहान न पूछो...!!!
जिंदगी के इम्तिहान न पूछो...!!!

6. प्रेमांजली

मैंने संभाल रखा है मेरे प्रियवर आज भी,
जो मेरी भावनाओं में प्रेमल ख्याल था!
सहेज के तो तुमने भी रखा तो होगा ही,
लुभानी अदाओं का जो अद्भुत कमाल था!!

सहज-सरल चेतना, निश्छल, निष्कपट सा,
एकचित्त स्वयं की राह पर अग्रसर था,
मैं कौन से महान व्यक्तित्व की मिसाल था,
कौन सी शौर्य-गौरव-गाथा का असर था!

जाने किस प्रबल आकर्षण से आकृष्ट थे,
जाने कौन आवेश यौवन पर छाये थे!
न जाने किस जन्म का प्रण था प्रियवर,
जो हाथ की लकीरों में लिखवा के लाये थे!

मधुर-मौन निशब्द-निमंत्रण तुमने दिया था,
दिनचर्या में अंतराल नियोजन हमने किया था!
निगाहों से संवाद का अंदाज़ 'गर तुम्हारा था,
चिकोटी पर मरहमी अंदाज तो हमारा था!

सावन की बूंदों की रिमझिम फुहार थी,
पृष्ठभूमि में बादलों की धुंधली दीवार थी!
ऊंचे देवदारों की कतारों के नजारे थे,
मदभरी सांझ धीमी-धीमी रफ्तार थी!

झरनों की कलकल, झींगुरों का कीर्तन,
लचकती कलाईयों पर खनकती चूड़ियां!
पायल की रुनझुन, सांसों की सरगम,
शब्द सुर-संगीत, हंसी स्वरलहरियां!!

एक तीखे मोड़ पर, ढांक के छोर पर,
यादगार गीली इक शाम उतर आयी थी!
आंख के इशारे से कह के शरमाये थे,
चेहरे पर शर्मीली छांव उतर आयी थी!

अधीरता के वेग में जो अधर छू लिये थे,
झिझक की डोरी जब स्वयं काट दी थी!
संयम का बांध तोड़, धैर्य का धर्म छोड़,
योजनों की दूरी तब क्षण में पाट दी थी!

कलाओं और विभाओं की क्या मिसाल दें
कुछ कम तुम न थे, कुछ कम हम न थे!
दिल-जान-प्राण का अपहरण हो गया था,
स्वयं में तुम न थे, स्वयं में हम न थे!

अधर रस-सिक्त, नयन-तिक्ष, वक्ष-मस्त,
वक्र-वर्तुलों के कटाव उफ्फ़ क्या कहें!
तरंगों के तूफान का, उमंगों के उफान का,
भँवर के निशान का खिंचाव उफ़्फ क्या कहें!!

यौवन के उभार में उंचाईयां अभी शेष थीं,
गात में गर्माती गोलाईयां अभी शेष थीं!
ग्रीष्म का ताप था और गली में सैलाब था,
उड़ती उमंगों की परछाइयां अभी शेष थीं!

सृष्टी के क्रम का यह शाश्वत विधान है,
नक्षत्र, उप-नक्षत्र, सर्वत्र प्रवाहमान है!
परिवर्तनशील संसार के रिश्ते कहां अटल हैं,
चार दिन की चांदनी, अन्ततः प्रस्थान है!!

वक्त ने लीं करवटें, शून्य में पड़ीं सिलवटें,
भावों के बवण्डर पर सन्नाटा छा गया!
समय की नजर लगी, सम्बन्धों की उम्र ढली,
सागर के ज्वार में आखिर भाटा आ गया!

रहा उस शहर में अब मेरा मकान नहीं,
स्मृति में ही शेष होगा मेरा निशान कहीं!
वैसे कई रोज तक आती रहीं हिचकियाँ,
करता मुंडेर पर अब कौवा काँव-काँव नहीं!

शून्य-सम्वाद ही अब प्रेम-सम्वाद है,
इसलिये मैं आवाज़ दे पुकारता रहूंगा!
कभी की थी पूजा जिस प्रियवर की,
उसकी मैं आरती उतारता रहूंगा!!

चिन्मयता देखिए तो मृण्मय में प्रकट होती,
परम चेतना प्राक्टय हेतु प्रेम की है बाट जोहती!
परम का प्रमाण कौन? प्रेम ही तो परम है!
उद्गम-विलय वही, वही परम धर्म है!

वासना और प्रेम में इतना सा मर्म है,
एक निम्नगामी, एक ऊर्ध्वगमन है!
कीच-कमल एक ही ऊर्जा के रूप हैं,
एक अधम-पार्थिव, एक पूजा-हवन है!

परम का बिम्ब प्रियतम, प्रेमियों का ईष्ट प्रियतम!
प्रियतम का नाम मंत्र, मंदिर का द्वार प्रियतम!
पूजा का थाल गाल, कैलाश प्रियतम का ललाट!
प्रेमांजली, तिलक, दीपक, नमन, वंदनवार प्रियतम!

7. अनन्त तक फैले

एक गीत होंठों पर आ कर रुक सा गया है,
अंनत तक फैले बता यह गुप्त सा क्या है।

कोई देववाणी है यह शून्य से उतर आयी है,
निर्बाध ध्वनि हर बाधा को बेन्ध कर आयी है,
साक्षात कोई आवाज़ खड़ी है मन के द्वारे,
दूर देश से कोई मौन सन्देश ले कर आयी है।

सुनने को सन्देश सभी कुछ रुक सा गया है,
भावनाओं का बहाव स्वतः अटक सा गया है,
एक गीत होंठों पर आ कर रुक सा गया है,
अंनत तक फैले बता यह गुप्त सा क्या है।

उनींदे तो कभी जागृत, मौन तो कभी मुखर,
समाविष्ट कभी बिखरे, कर्कश कभी मधुर,
समष्टि की बृहत रचना या है स्वयंभू सत्ता,
अज्ञात अगोचर है या चिरयात्रा पर अग्रसर।

तर्कजाल का यातायात भी रुक सा गया है,
मन अवाक, विमुग्ध हो के झुक सा गया है,
एक गीत होंठों पर आ कर रुक सा गया है,
अंनत तक फैले, बता, यह गुप्त सा क्या है।

8. ऐसा हुआ तुम्हारे साथ?

तुम्हें देख कलियां शर्मायीं और फूल मुस्काये हों,
शाख ने डाली हो गलबाहीं, पत्ते खनखनाये हों,
टहनी ने की हो गिटपिट, तने ने कदम बढ़ाये हों,
चुप्पी तोड़ मौन जड़ों ने गुप्त रहस्य बतलाये हों।

अपने भोजन का कभी, तुम से स्वाद बताया हो,
कण्ठ सूखता दिखलाया, पानी का स्रोत बताया हो,
कैसे सपने बुनते हैं वो कोई वृतान्त सुनाया हो,
इंसानों के साथ सम्बन्धों का किस्सा बतलाया हो।

कोई राग सुरीला गाया, कभी नृत्य दिखलाया हो,
ठहाके तुम्हें सुनाये हों या धीरे से मुस्कराया हो,
भेद बताये हों मस्ती के या दुखड़ा कोई सुनाया हो,
जीवन का कोई राज अनोखा, अंतर्बोध बताया हो।

खुशबू तुम पे वारी हो, फूलों का हार पहनाया हो,
अमराई के मौसम में दावत पर कभी बुलाया हो,
ग्रीष्म की तप्त दोपहरी में लू से तुम्हें बचाया हो,
बन के जीवनदायी औषधी मौत से वापस लाया हो।

कोमल दूब या नन्हा पौधा पांव के नीचे आया हो,
दर्द से वो चीखा हो या क्रोध से फिर चिल्लाया हो,
कटी शाख का कोई ज़ख्म कभी तुम्हें दिखलाया हो,
जला फफोला कोई फूट के आंसू बन बह आया हो।

किसी लता से प्रेम निवेदन तुमने ही कर डाला हो,
उमड़ आया हो प्रेम हृदय में बाहों में भर डाला हो,
सरंक्षक बन के तूफानों से उनको कभी निकाला हो,
हाथ बढ़ा कर विपदाओं में उनको कभी सम्भाला हो।

स्वार्थ, निर्दयता का तुमने अपना रूप दिखाया हो,
उठा कुल्हाड़ी किसी जवान वृक्ष को काट गिराया हो,
उजाड़ के उनकी बस्ती अपना कुनवा वहां बसाया हो,
उनका हक छीन के उस पर अपना हक़ जताया हो।

देखिये...

हमसे तो उनकी नहीं लेकिन उनसे हमारी हस्ती है,
हमारे लिए जो जंगल है, उनके लिये वो बस्ती है,
उन्हें बचाना धर्म हमारा, यह पूजा और परस्ती है,
ये हैं तो हम जिंदा हैं, वर्ना श्मशान यह धरती है।

9. अपना सामर्थ्य पहचानो

क्या है दिशा-बोध तुम्हारा, जानो दिशा भ्रामक क्या है,
अपना सामर्थ्य पहचानो, मंजिल क्या है, मानक क्या है।

अपना आंकलन स्वयं करो, किसी के आगे सिद्ध करो न,
लक्ष्य चुनो, निशाना साधो, प्रण कीजिये, विभ्रम करो न।
सतर्क रहो हर आकर्षण से, कहीं मार्गच्युत हो भटको न,
दृढ निश्चय कर एक पक्ष लो, अनिश्चय-अधर में लटको न।
सफलता का राज साधारण, पहचानो सही स्थानक क्या है,
अपना सामर्थ्य पहचानो, मंजिल क्या है, मानक क्या है।

विकृति भरे अचूक विकर्षण मिलते राह में घात लगाये,
तरह तरह की प्रवंचनायें हैं पथ पर जाल-बिसात बिछाये।
समय साधन है, मत चूकिये, गया तो वापस हाथ न आये,
अपनी नकारात्मक सोच भी बहुधा ही अड़चन बन जाये।
हार मान कर रुक जाने से सोचो ज्यादा भयानक क्या है,
अपना सामर्थ्य पहचानो, मंजिल क्या है, मानक क्या है।

क्या विलासिता, क्या अनिवार्यता, ध्यान रखिये बस,
इक पर्वतारोही जैसा अत्यावश्यक सामान रखिये बस,
अपने चुनाव पर गर्व कीजिये, आनन्द है या मजबूरी,
जिम्मा लीजिये हार जीत का, है स्वीकार भाव जरूरी।
अस्तित्व दृष्टि देता है, देखो क्षणभंगुर-सर्वव्यापक क्या है,
अपना सामर्थ्य पहचानो, मंजिल क्या है, मानक क्या है।

10. अपना काम कीजिये बस!!!

अंकुर खुद फूटेगा, आप बीज बो दीजिये, बस,
परिणाम जो हो सो हो, अपना कर्म कीजिये, बस।

जब होनी हो सो होये फिर काहे की परेशानी,
अपना लेख नहीं लिख पाये न दाता न ज्ञानी,
अब्दुल्ला दीवाना नाचे जब शादी हो बेगानी,
भाड़ में जाये दुनियादारी, चूल्हे में परेशानी,
चिंता की गठड़ी सर से नीचे पटक दीजिये, बस,
परिणाम जो हो सो हो, अपना कर्म कीजिये, बस।

किसी और के काम में नुक्ताचीनी, दखल न दो,
सम्बल बनो, पर अपनी वजह से कोई निर्बल न हो,
अपना मार्ग खुद बनाओ, किसी की नकल न हो,
वो रखवाला है यूँ कल की चिंता में विकल न हो,
कल हो न हो, हर पल का पूरा उपयोग कीजिये, बस,
परिणाम जो हो सो हो, अपना कर्म कीजिये, बस।

11. अपने दम पर

जीये हैं अपने दम पर मरने का गम नही,
जो मरने से डरते होंगे उनमें से हम नहीं।

सदा अपनी खूबियों-खामियों से बने-मिटे,
गवारा हमें किसी का रहम-ओ-करम नहीं।

हवा 'गर नहीं हमारे माकूल तो न सही,
सांसें साथ चलीं बस यह भी तो कम नहीं।

आखिरी दम तक बे-रुके चलते रहेंगे हम,
बैठें न जब तक पहुंचें मंज़िल पे हम नहीं।

अपनी नाकामियों पर हताश हो न जायें,
निराश रहने से होता कभी दर्द कम नहीं।

दिल मायूसियों से क्यों घिरा रहे सदैव,
यूँ नीरसता-बोझिलता से भरेंगें हम नहीं।

है और भी दुनियां में छूने को बड़े मुकाम,
रहे हौसला बुलन्द तो आयाम कम नहीं।

नये दिन से करें हम शुरूआत फिर नई,
दुनिया में हुईं कभी सम्भावनायें कम नहीं।

अपनी कमियां खुद ही सुधार लें तो अच्छा,
ऐसा तो नहीं कि इतने भी सामर्थ हम नहीं।

शिकवा डेरा जमा के दिल-ओ-जुबाँ पर क्यों रहे,
जो हुआ अच्छा हुआ, जो मिला वो कम नहीं।

12. बात दोनों की रखनी थी

मुझे फिक्र हम दोंनों की थी और बात दोंनों की रखनी थी,
मुझे इश्क अपना बचाना था और लाज तेरी भी रखनी थी।

जो होनी थी सो हो के रही जिस राह चले वो पटती गयीं,
जो बात लगी कठिन कभी वो स्वतः आसान बनती गयीं।
कुछ वाधायें वास्तों की थीं, कुछ रुकावटें रास्तों की थीं,
जन्नत से ऐसी बरकत मिली, हर बला स्वयं टलती गयी।

आये करीब तो रूह मेरी पिघलने लगी तो पिघलती गयी,
अपनी हैसियत से ज्यादा मुहब्बत मिली तो मिलती गयी।
कभी दो कदम, कभी चार कदम, यूँ ही दूरियां सिमटती गईं,
मखमली सेज़ पर सिलवटें जब पड़ने लगीं तो पड़ती गयीं।

खुदा का यह फरमान था, तो पालना उस की करनी थी,
नाफरमानी से मुझे बचना था, तेरी हाजरी भी भरनी थी।
मुझे फिक्र हम दोंनों की थी और बात दोंनों की रखनी थी,
मुझे इश्क अपना बचाना था और लाज तेरी भी रखनी थी।

मदहोश से डगमगाते कदम तेरी चौखट पर जा रुकते रहे,
मज़ाक में तेरे सामने हम आदाब-ओ-अदा से झुकते रहे।
शरारतों भरे वोह स्वागतम, आलिंगनों भरे वोह रात-दिन,
गुदाज़-उरोज़ के स्पृहा-स्पर्श, फिर बरसों बरस चलते रहे।

हया-शर्म और धर्म-कर्म सब इश्क की रौ में बह गया,
दीन-ओ-इमान, शिक्षा-फरमान भी मूक बन के रह गया।
समझौता कभी तजुर्बों ने किसी शिक्षा-ज्ञान से किया नहीं,
नियम, विधान, सम्मान सब इक लिहाफ़ बन के रह गया।

ब्रहमाण्ड के किसी सितारे से शुरू वो यात्रा पूर्ण करनी थी,
जो दिया वचन वोह निभाना था कोई शर्त पूरी करनी थी।
मुझे फिक्र हम दोनों की थी और बात दोंनों की रखनी थी,
मुझे इश्क अपना बचाना था और लाज तेरी भी रखनी थी।

13. बहते पानी सी

बहते पानी जैसी यह जिंदगी, बहती रहे तो अच्छा,
अपनी जुबानी अपनी कहानी कहती रहे तो अच्छा।

इन्सानी रिश्तों के बीच गर्माहट अच्छी लगती है,
रूठने-मनाने में कशिश-तरावट अच्छी लगती है,
रगों में मधुर सा मौन नाद है जीवन के प्रवाह का,
सांसों में लय और हृदय में आहट अच्छी लगती है।
नयी कोंपल स्पंदित हो के लचकती रहे तो अच्छा,
नये पुष्पों से फुलवारी सदा महकती रहे तो अच्छा,
बहते पानी जैसी यह जिंदगी बहती रहे तो अच्छा,
अपनी जुबानी अपनी कहानी कहती रहे तो अच्छा।

आजकल इन्सान को यह हुआ क्या है, कौन जाने,
यह नीयत में भयंकर रूद्र रूप क्यों है, कौन जाने,
हे प्रभु, इस भयाभह पराकाष्ठा का अंत कहाँ होगा,
उजड़ता जा रहा धरा का श्रृंगार, मग़र कौन जाने।
तुम्हारी अदृश्य लाठी सर पे पड़ती रहे तो अच्छा,
यह बुद्धि की बन्द खिड़की खड़कती रहे तो अच्छा,
बहते पानी जैसी यह जिंदगी बहती रहे तो अच्छा,
अपनी जुबानी अपनी कहानी कहती रहे तो अच्छा।

सभ्यता के इस दौर का मार्ग कहीं गलत हो गया,
खो गयी सौम्यता सारी, मानव रोगग्रस्त हो गया,
जीवन दीप प्रज्वलित होता, युगों-युग रौशन रहता,
ये तो जलते दीप को बुझाने का अभ्यस्त हो गया।
जीवन संगीत की शाश्वत धुन बजती रहे तो अच्छा,
शुभ-अशुभ का चिंतन-मंथन करती रहे तो अच्छा,
बहते पानी जैसी यह जिंदगी बहती रहे तो अच्छा,
अपनी जुबानी अपनी कहानी कहती रहे तो अच्छा।

14. भगवान सेवानिवृत्त हो गये

देवता छोड़ गये धरती, सारे पूजा स्थल मृत हो गये,
यूँ लगने लगा है जैसे कि भगवान सेवानिवृत हो गये।

मुल्ला-पण्डे कहते कि वो ब्रह्माण्ड के हर कतरे में है,
धरती पर इम्तिहान चल रहे सबकी साख खतरे में है,
पूजा-पाठ भी बाढ़ में जैसे कचरा बन के सब बह गये,
कसौटी पर शर्मिंदा हो कर धर्म खड़ा कटघरे में है।
जो अब तक ढके हुये थे चेहरे सारे अनावृत हो गये,
यूँ लगने लगा है जैसे कि भगवान सेवानिवृत हो गये।

इस धंधे से कुछ लोगों का जीवन-यापन तो चलता है,
उसके नाम पे दान-दक्षिणा, पुण्यार्जन भी मिलता है,
अदभुत पूंजी निवेश है ये स्वर्ग में कई गुना हो जाये,
वैसे सब कुछ यहीं छूटे पर ये प्रारब्ध साथ चलता है।
लोभ-भय पे सब आधारित ये तथ्य तो साबित हो गये,
यूँ लगने लगा है जैसे कि भगवान सेवानिवृत हो गये।

स्व-बोध के बिना आंकलन तथ्यविहीन निरर्थक है,
भगवान कहो या नहीं, भगवत्ता कहो तो सार्थक है,
अस्तित्व-अनस्तित्व का निरन्तर चलता खेल यहाँ,
प्रारम्भ-अंत कुछ नहीं, हाँ यह लीला ही शाश्वत है।
बखान नहीं यह बोध है उनका जो सोये जाग्रत हो गये,
यूँ लगने लगा है जैसे कि भगवान सेवानिवृत हो गये।

15. भूखे पेट सुलाते रहे

झूठ-मूठ की दिये तसल्ली, पीड़ित मन को समझाते रहे,
यथार्थ को आशा का घूंट पिला कर भूखे पेट सुलाते रहे।

सौम्य काल में पूर्ण चन्द्रमा जवाँ प्रियतमा सा दिखता है,
देख चाँद की अप्रतिम छवि कवि रोमांचक गीत लिखता है,
भोला पंछी चकोर रात भर अपलक चाँद को देख बिताये,
पर भूखे पेट किसी बच्चे को वही चाँद रोटी सा दिखता है।

दृष्टिकोण स्थितिजन्य है, वास्तविकता को झुठलाते रहे,
कोई नहीं सुनेगा फिर भी आसमान में हाथ उठाते रहे।
झूठ-मूठ की दिये तसल्ली, पीड़ित मन को समझाते रहे,
यथार्थ को आशा का घूंट पिला कर भूखे पेट सुलाते रहे।

कर्मफल भ्रामक सिद्धांत घुट्टी में पिला अमिट कर दिया,
दान धर्म का मूल बता कर, दुष्चक्र सुनिश्चित कर दिया,
कंगाल सदा कंगाल रहेगा, निकास-द्वार ही बंद हो गया,
सील मोहर लगी दरिद्रता पर जीवन ही शापित कर दिया।

कंगाली पूजनीय हो गई, दरिद्र को नारायण बतलाते रहे,
शाप भी आशीष बन गया, दीनकंधों को सीढ़ी बनाते रहे,
झूठ-मूठ की दिये तसल्ली, पीड़ित मन को समझाते रहे,
यथार्थ को आशा का घूंट पिला कर भूखे पेट सुलाते रहे।

मानस जात यूँ अभद्रता से दोष औरों पर मढ़ती रहेगी,
सामाजिक अन्याय को यूँ मीठी चाशनी से ढकती रहेगी,
सुन्दर शब्द सत्य को अच्छादित करने में बहुत चतुर हैं,
असमान व्यवस्था का पोषण दुनिया यूँ ही करती रहेगी।

नन्हे हाथ में रिक्त कटोरे सभ्यता का उपहास उड़ाते रहे,
दान, दया और धर्म की खिल्ली उड़ा कर मुंह चिढ़ाते रहे,
झूठ-मूठ की दिये तसल्ली, पीड़ित मन को समझाते रहे,
यथार्थ को आशा का घूंट पिला कर भूखे पेट सुलाते रहे।

कितनी अच्छी राह निकाली दान धर्म का माप हो गया,
जितना मर्जी पाप कीजिये, दान करो और माफ हो गया,
जय बोलो कंगाली की, स्वर्ग में जिसने गद्दी दिलवायी,
पाप कीजिये और दान दीजिये, सारा लेखा साफ हो गया।

विडम्बना! देवनहार को भूल स्वयं दानवीर कहलाते रहे,
पूर्व जन्म का फल निर्धनता, यह निर्धन को समझाते रहे,
झूठ-मूठ की दिये तसल्ली, पीड़ित मन को समझाते रहे,
यथार्थ को आशा का घूंट पिला कर भूखे पेट सुलाते रहे।

16. बोल साक़ी की जय

उठा ले जाम, बोल साक़ी की जय, पी ले,
जाग, उठ, मुक्त कण्ठ से गा, नाच, जी ले।

बदल नजरिया, झूम, बादलों के साथ गा,
रिमझिम पड़ती शीतल बौछार, भीग जा,
भाग, भर ले बाहों में सतरंगी इन्द्रधनुष को,
कर इकट्ठे मुट्ठी में श्वेत ओले, जल्दी जा।
उत्सव मना, हर हाल में मस्ती से जी ले,
जाग, उठ, मुक्त कण्ठ से गा, नाच, जी ले।

बन जा बच्चा, चुपके से पकड़ तितलियाँ,
अपना ताज बना, चुन फूल और कलियाँ,
अरे जूते निकाल, दे पानी मे कूदी, छपाक,
भाग नँगे पाँव नाप वोह गांव की गलियाँ।
छोड़ संकोच, कर ले हाथ मेहंदी से पीले,
जाग, उठ, मुक्त कण्ठ से गा, नाच, जी ले।

उतार पानी मे कागज़ का जहाज़ दोबारा,
पिचकारी से फेंक गुलाल या फोड़ गुबारा,
छोड़ हवाई, पतंग उड़ा, पिट्ठू, कंचे खेल,
झांझर बांध, दे ढोलक पर थाप, ले नगाड़ा,
तोड़ बन्धन जंजीरें, उखाड़ के फेंक कीले,
जाग, उठ, मुक्त कण्ठ से गा, नाच, जी ले।

देख तिनकों से ही बनता है एक घोंसला,
छोटे कदमों से भी होता है तय फासला,
वो नन्हें पंखों से भी आसमाँ को नापते,
असीम सामर्थ्य तेरी तू कहाँ से निर्बला,
लगा पैबन्द झोली में फ़टे दामन को सी ले
जाग, उठ, मुक्त कण्ठ से गा, नाच, जी ले।

देख ऊषा की किरण फैली है तेरे वास्ते,
फैला कर बांहें इंतजार कर रहे नये रास्ते,
ले कर लम्बी सांस दे प्रमाण जीवन का,
निकल खोल से बाहर शुरू कर आज से।
भयभीत न हो दें चुनौती मार्ग पत्थरीले,
जाग, उठ, मुक्त कण्ठ से गा, नाच, जी ले।

17. दोनों पहचान गये

हम मुस्कराये कि हम बहुत खुश हैं,
उसने भी माना, हम भी मान गये।
दिल का फसाना न तो उसने सुनाया,
न हमने, मगर दोनों पहचान गये।

निग़ाहों में खण्जर आज भी रखते,
कातिलाना हरकतें जिंदा हैं अब भी।
घायल हैं अब तक जख्म भी ताजे,
छटपटाता हुआ परिंदा हैं अब भी।
आंचल की हवा, शरारत की सज़ा,
होश में आयें, कोशिश की अब भी।
शर्माते हुये वो मुस्कराये जरा सा,
हमें मार देने की कोशिश की अब भी।

हम कसमसाये जैसे जिंदा हैं हम,
उसने भी माना, हम भी मान गये।
जान तो उनकी भी अटकी है लबों पे,
पुरानी सी हरकत दोनों पहचान गये।
दिल का फसाना न तो उसने सुनाया,
न हमने, मगर दोनों पहचान गये।

लबों की खिलावट, भंवों की बनावट,
नखरों में निखार बढ़ सा गया है।
नाज़ उठाने का फिर से इस दिल में,
पुराना खुमार कुछ चढ़ सा गया है।
उमंगों पे जब्त की शर्त डाली थी,
मग़र आज सब गड़बड़ा सा गया है।
इक हाथ उनका, इक हाथ हमारा,
इक दूजे की तरफ बढ़ सा गया है।

दुधिया बादलों में ज्यूं चाँद झांक जाये,
वो शरबती निगाहें हम पहचान गये।
क्या होगा आगे न वो कह सके कुछ,
निग़ाहों-निग़ाहों में हम सब जान गये।
दिल का फसाना न तो उसने सुनाया,
न हमने, मगर दोनों पहचान गये।

18. एक कोरोना

दुनिया मुझको कहती है कि यह वुहान से आया है,
चमगादड़ से उदगमित संक्रमण इन्सान में आया है,
विज्ञान की बिगड़ी औलाद शोध-संस्थान से आया है,
कुछ कहते भगवान ही जाने कि ये कहाँ से आया है।

तुम्हारी नसल ने धरती की क्या हालत कर दी है,
कई प्रजातियां लील गये तुम कितनी हद कर दी है,
कितनों का आवास छीन लिया इतनी गुण्डागर्दी है,
इस सुंदर संसार की तुमने ये कैसी दुर्गत कर दी है।

प्रगति के नाम पे तुमने कितना नुकसान पहुंचाया है,
किसके लिए यह इतना घातक शस्त्र भंडार बनाया है,
हैरान हूँ धर्म के नाम पे तुम ने कितना खून बहाया है,
अपनी बस्ती बसाने हेतु कितनों का घर जलाया है।

भगवान ने भी न सोचा होगा तुम कितने घातक होंगे,
आदम हब्बा के वंशज ही अन्ततः वंश के नाशक होंगे,
धरती सबकी सांझा लेकिन तुम निरंकुश मालिक होंगे,
अपने साथ समस्त प्रकृति के सामूहिक संहारक होंगे।

अभी वक्त है समझ लीजिये, तुम तो इन्सान हो न,
कैसा किया खिलवाड़ जमीं से जैसे हो कोई खिलौना,
जल-थल-नभ को किया विषाक्त छोड़ा न कोई कोना,
तुमसे ज्यादा घातक नहीं, मैं तुच्छ सा एक कोरोना।

इस धरती के साथ आज तक किया है तुम ने जो न,
उन कर्मों के कारण कईयों को पड़ेगा जीवन खोना,
पहले कभी न देखा होगा ऐसा विकराल रूप घिनौना,
तुमसे ज्यादा घातक नहीं, मैं तुच्छ सा एक कोरोना।

19. एक हद तक

वो मुझको भूल गया रिहा करना सजा दे कर,
वो मुझसे दूर गया लम्बी उम्र की दुआ दे कर।

एक हद तक दी थी पास आने की इजाज़त हमने,
दूर से ही फ़क़त की थी हल्की सी शरारत हमने,
'तुम भी न' हम से कहे थे सांस गहरा ले कर,
वो मुझसे दूर गया लम्बी उम्र की दुआ दे कर।

सिर्फ इक बार सही मन की वो तमन्ना कह दो,
हम तुम्हारे हैं मगर तुम भी हमें अपना कह दो,
'बड़े वो हो' झुका लिये थे नयन इतना कह कर,
वो मुझसे दूर गया लम्बी उम्र की दुआ दे कर।

चांदनी शाम उन साहिबान की उधारी हम पर,
उतर गये थे मेरी रूह में वो खुमारी बन कर,
बिखरे सुमन, खुश्बू को दूर गयी हवा ले कर,
वो मुझसे दूर गया लम्बी उम्र की दुआ दे कर।

जाने क्या प्यार था यह भी जो निभाया हमने,
करके उसे याद खुद को कई बार रुलाया हमने,
कर ले मेरे यार सुलह और बड़ी सजा दे कर,
वो मुझसे दूर गया लम्बी उम्र की दुआ दे कर।

अगर वो भूल गये तो क्यों आंख भीगोयेंगे भला,
वक्त बर्बाद करेंगे मेरे लिये क्यों रोयेंगे भला,
हम जीये न जीये करेंगें क्या खैर-खबर ले कर,
वो मुझसे दूर गया लम्बी उम्र की दुआ दे कर।

हमको वो भूल सकेंगे हम आज तक न मान सके,
हुए अरमान धुआं हम धूल मगर वो न जान सके,
किसका यह शाप लगा कौन गया बद-दुआ दे कर,
वो मुझसे दूर गया लम्बी उम्र की दुआ दे कर।

लौ हुई मद्धम देखो बुझने की तैयारी है शायद,
खोल लिये पंख देखो उड़ने की तैयारी है शायद,
जो दी थी हमको दुआ जाएंगे उन्हें वोही दे कर,
वो मुझसे दूर गया लम्बी उम्र की दुआ दे कर।

20. एकान्त राहें

करते रहे निसार हम कभी अपनी जान उन पर,
फेर लिया यूँ मुँह उसने आज मेरा नाम सुन कर।

वक़्त ख़ामोश है आज यादों का इक लम्हा थामे,
अश्क ने भी साथ छोड़ा न सकी उसे पलक थामे,
एकांत राहों ने बुलाया तो चल दिये हम अकेले,
मुसाफिर-ए-ग़ैर के साथ कौन चलता हाथ थामे,
बहुत कुछ याद आया, सुरीले लोकगीत सुन कर,
फेर लिया यूँ मुँह उसने आज मेरा नाम सुन कर।

भूलना था, क्या हुआ, बस दो चार बहाने लगे,
ये मेरी कठिनाई थी, यकीं करने में जमाने लगे।
यक़ीनन वक्त-ओ-नसीब का अपना भी वजूद है,
यह सोच के हम अकेले में यूँ ही मुस्कराने लगे।
यह भी मिज़ाज-ओ-लिबास जंचता है, खूब उन पर,
फेर लिया यूँ मुँह उसने आज मेरा नाम सुन कर।

एकांत राहों से पड़ा वास्ता मेरा, कोई बात नहीं,
साथ छूटा वीरान हुआ रास्ता मेरा, कोई बात नहीं,
चाँद को छूने की ख्वाहिश रह गई हिमाकत बन के,
विनम्र इरादा सपना श्रेष्ठ था मेरा, कोई बात नहीं।
तार-तार हुआ ख्वाब जो रखा था बरसों बुन कर,
फेर लिया यूँ मुँह उसने आज मेरा नाम सुन कर।

21. गहरी दर्द उधर थी

खामोश निगाहों से टपकता रहा सूनापन,
लरज़ते होंठों की आहट बहुत मुखर थी,
अपने दर्द का हम खुलासा न कर सके,
हमारी चोट से ज्यादा गहरी दर्द उधर थी।

खुले किवाड़ पे उड़ते पर्दे की फड़फड़ाहट,
दिल के धड़कने की आवाज जैसी लगी,
उन का इरादा हम से गुफ़्तगू का था मग़र,
किन्ही क़दमों की आहट सैयाद जैसी लगी।
लाचारी जाहिर हम कर न सके इधर,
किसी बुझती लौ सी छटपटाहट उधर थी।
अपने दर्द का हम खुलासा न कर सके,
हमारी चोट से ज्यादा गहरी दर्द उधर थी।

वो खिड़की की चौखट पर बुझा दीया,
सन्देश आखिरी था मग़र देरी से मिला,
वो शहर छोड़ने को थे, वक़्त कम था,
उनका इशारा हमें उस पहेली से मिला।
इक ग़ज़ल उनकी नज़र[1] करेंगे, सोचते रहे,
उनकी किताब-ए-ग़ज़ल हमारी नज़र[2] थी,
अपने दर्द का हम खुलासा न कर सके,
हमारी चोट से ज्यादा गहरी दर्द उधर थी।

सुना है आज भी खिड़की की चौखट पर,
रोज़ इक जला, इक बुझा दीया रखते हैं,
खुले किवाड़ पर वैसे ही फड़फड़ाता है पर्दा,
आज भी हर बात पहेली में किया करते हैं।
लिखते हैं आज भी गज़ल लहू से सनी हुई,
तब की क्या कहें, वोह तो जवाँ उम्र थी,
अपने दर्द का हम खुलासा न कर सके,
हमारी चोट से ज्यादा गहरी दर्द उधर थी।

1. भेंट, उपहार, 2. भेंट

22. घबराये होते हैं

सुनते हैं ठंडी छाछ भी फूंक कर पीते,
जो कभी गर्म दूध के जलाये होते हैं।
सूरज की तेज आंच के झुलसाये हुए,
कोमल चाँदनी से भी घबराये होते हैं।

दर्द सीने में, आँखों में हँसी हो जिनके,
चोट छुपाने को मुखौटा लगाये होते हैं,
मत कीजिये दिलजलों से मज़ाक कोई,
उबल पड़ेगा जो भीतर दबाये होते हैं।
सोते हैं घोड़े बेच के बेफिक्र, वो और होंगे,
नींद कहाँ जो इश्क़ के सताये होते हैं।
सूरज की तेज आंच के झुलसाये हुए,
कोमल चाँदनी से भी घबराये होते हैं।

बहुत मीठी जुबाँ रखने वाले अक्सर,
देखा गया है कि दिल के खराब होते हैं,
बदनाम बद ही हों यह जरूरी तो नहीं,
देखा गया है वो दिल से नवाब होते हैं।
जो पकड़ा गया वोह ही चोर है यहाँ,
बाकी कौन से दूध के नहाये होते हैं।
सूरज की तेज आंच के झुलसाये हुए,
कोमल चाँदनी से भी घबराये होते हैं।

बदल जाते हैं रंग और भाव चेहरे के,
दुखती रग पे अग़र हाथ रखता है कोई,
याद आती हैं अपनी चतुर-चालाकियां,
वैसी हरकत सामने अग़र करता है कोई,
ज़ाहिर हो जाती है हकीकत कभी कभी,
चेहरे के पीछे जो चेहरे छुपाये होते हैं।
सूरज की तेज आंच के झुलसाये हुए,
कोमल चाँदनी से भी घबराये होते हैं।

23. इतना प्यार न था

तेरे बग़ैर तो जहाँ में कहीं क़रार न था,
तुझसे पहले इतना सुंदर ये संसार न था।

बहुत शोर-ओ-गुल है यहां, कहीं और चलो,
बहुत भीड़ है ख्यालों की, कहीं और चलो,
मन को झूठी वंचनाओं से मुक्त है करना,
ऊषा की नई किरण, उजाला हो, वहाँ चलो।
अंधेरा तो स्वयं छंटने को कभी तैयार न था,
तुझसे पहले उजाले से इतना प्यार न था।
तेरे बग़ैर तो जहाँ में कहीं क़रार न था,
तुझसे पहले इतना सुंदर ये संसार न था।

मैं हर प्राणी के श्वास-श्वास में हूँ प्रवाहित,
मैं अलग नहीं हर रूप-अरूप में हूँ समाहित,
क्यों बांध लूँ सागर की लहरों को तट से,
मैं शाश्वत नृत्य-कलरव में हूँ प्रतिबिम्बित।
यह उड़ता गुलाल इंद्रधनुषी बौछार न था
मस्त फ़िज़ा से कभी इतना प्यार न था।
तेरे बग़ैर तो जहाँ में कहीं क़रार न था,
तुझसे पहले इतना सुंदर ये संसार न था।

शून्य उतरे भीतर तो शून्यवत हो जाऊं,
अपना होना खो दूँ, अस्तित्वगत हो जाऊं,
शब्दातीत को शब्दों में कहना है मुश्किल,
निशब्द के आगे स्वतः नतमस्तक हो जाऊं।
अद्भुत नैसर्गिक खुमारी से साक्षात्कार न था,
तेरी कायनात से इतना पहले प्यार न था।
तेरे बग़ैर तो जहाँ में कहीं क़रार न था,
तुझसे पहले इतना सुंदर ये संसार न था।

24. कशिश

इसका यह नाम न होता तो कोई और होता,
यह न होती तो इसकी जगह कोई और होता,
विश्व के निर्माण में था इसका जरूरी होना,
विश्व ऐसा नहीं, रेखा-रूप कुछ और होता।

यह न होती तो न जमीं होती न सौर होता,
जहाँ जमीं है वहां यह नहीं कोई और होता,
आकाशगंगा का परिवार तो विखर ही जाता,
ब्रह्माण्ड का न ठिकाना होता न ठौर होता।

जो जहां है सब इसका सम्भाला हुआ है,
दृश्य अदृश्य सकल इसका पाला हुआ है,
अणु को स्वतः टूटने से बचाया है इसने,
माला की तरह इक धागे में डाला हुआ है।

यह ईश्वरीय तत्व का एक जीवंत रूप है,
जीव में आत्म तत्व इसका प्रकट रूप है,
निर्जीव में आकर्षण शक्ति इसका रूप है,
ये अस्तित्वगत है, ये हर जगह मौजूद है।

25. कैसे हो?

कैसे हो तुम, कैसे कटते दिन, सुबह और शाम,
क्यों चुन लिया सितारों ने ये गर्दिश भरा मुकाम,
लगा नही था जीवन में यूँ विरह की आग जलेगी,
वक्त की इस होनी का बोलो किसको दें इल्जाम।

पत्थर भी बेहाल हो गए हाल तुम्हारा सुन के,
कैसे रहते हो सच बोलो ऐसी चुप्पी चुन के।
जो कफ़स में कैद हो गए खुली हवा के पंछी,
कितने भारी होते होंगे घुटन भरे पल उन के।

आह लबों पे आती होगी अश्क भी ढलते होंगे,
याद के साये साथी बन के संग-संग चलते होंगे,
कभी चांद की चांदनी कुछ याद दिलाती होगी,
जब सांझ ढले यादों के जुगनू बुझते-जलते होंगे।

आंखें देख शरारत खुद की, खुद शर्माती होंगी,
सांसें जिस पल तेज तेज सी तन गर्माती होंगी,
सिहरन भरी तरंगे शोख लबों पे आती होंगी,
भूली-बिसरी प्रेम कहानी फिर याद तो आती होगी।

26. खोलो पाल

खोलो पाल, नदी में नाव उतारें,
चादर के बाहर चलो पांव पसारें
तोड़ो खोल, छोड़ो पुरातन बेड़ी,
लो छलांग, लांघो ऊंची दीवारें।

मौत से बड़ा कोई भय नहीं है,
अनश्वर यहाँ कोई शय नहीं है,
परिवर्तन ही एकमात्र सुनिश्चित,
सकल दृश्यमान कालजय नही है।

छोड़ें न रण, चुनौती को पुकारें,
कालांतर तक मन से न हारें,
देते रहिये मूर्त रूप सपनों को,
सृजन करें, धरा को खूब संवारें,
खोलो पाल, नदी में नाव उतारें,
चादर के बाहर चलो पांव पसारें।

हो कोई व्यवधान पांव रुके न,
किसी वाधा के आगे सर झुके न,
आत्म-सम्मान यूँ बनाये रखिये,
उठी रहे सदैव ये आंख झुके न।

नित नये रंग से जीवन निखारें,
नव दृष्टि से चारों ओर निहारें,
मन के प्रति भरो अबाधित बोध से,
ध्यान बने श्वास-प्रश्वास की लहरें।
खोलो पाल, नदी में नाव उतारें,
चादर के बाहर चलो पांव पसारें।

27. क्या था बोल देते तुम

ज़ुबाँ पर बात आई थी तो क्या था बोल देते तुम,
दिल के भेद मेरे सामने क्या था खोल देते तुम।

हम थे कुछ बातूनी चँचल तुम्हें चुप रहने की आदत थी,
चेहरे पर इक शांत मधुरिमा चलन में एक शराफत थी।
करते भी तो क्या करते हम, अपनी भी इक सीमा थी,
काश तुम्हें मालूम हो जाती जो इस दिल की चाहत थी।

बहुत चाहा बुला लो हमको, पुकारो किसी बहाने से,
हाथ पकड सकते थे मेरा, राह पर रोक लेते तुम।
सोचो जिस पल हम सकुचाते चेहरा कितने रंग बदलता,
होंठ कांपते, सांस बहकती, 'गर बाहों में भर लेते तुम।
ज़ुबाँ पर बात आई थी, तो क्या था बोल देते तुम,
दिल के भेद मेरे सामने, क्या था खोल देते तुम।

बहुत चाहा तुम्हारी राह हम खुद ही रोक लें तो क्या,
बदल के रास्ता अपना तुम्हारे साथ हो लें तो क्या,
जिद पर आ जाते तो कोई राह बना ही लेते हम,
बहुत सोचा कि मर्यादा हम खुद ही तोड़ दें तो क्या।

आंखों से कुछ करें शरारत या कह दें कुछ इशारे से,
तब तेरा भी अन्दाज देखते, जब शर्माते-घबराते तुम।
मगर शालीनता भी देखिये आन पर आंच न आई,
हमारी अस्मिता की शान पर कुछ बोल देते तुम।
ज़ुबाँ पर बात आई थी, तो क्या था बोल देते तुम,
दिल के भेद मेरे सामने, क्या था खोल देते तुम।

यह इश्क भी क्या चीज दोस्तो बरसों तक है जिन्दा यूँ,
यह खुदा की नेमत-रहमत, उस पर हों शर्मिंदा क्यूँ,
इश्क खुदा है तभी तो इसका अंत कोई न जान सका,
कीजै और समझ लीजै, बिन बूझे करे कोई निंदा क्यूँ।

इश्क पर जोर नहीं, इसे आग का दरिया कहते शायर,
एक मसीहा बन कर सच में ये बात हमें समझाते तुम।
दाद दीजिये हिम्मत की है इस दिल का राज़ बताने की,
हम हमेशा चुप रह जाते, यह बात अगर कह देते तुम।
ज़ुबाँ पर बात आई थी, तो क्या था बोल देते तुम,
दिल के भेद मेरे सामने, क्या था खोल देते तुम।

28. लिखता चला गया

जिन्दगी के कोरे कागज़ पर मैं लिखता चला गया,
जो मिला उसी का रंज-ओ-ग़म दिखता चला गया।

जिंदगी सदा खुशगवार नहीं, मिलते हैं ज़ख्म भी,
हर ज़ख्म वक़्त के साथ मगर भरता चला गया।

यह जीवन तो अनमोल है कीमत दे सकेगा कौन,
मगर इन्साँ कौड़ियों के भाव बिकता चला गया।

बड़े बड़े उपदेश यहां पर देते इक दूजे को लोग,
कोई किसी की माना नहीं बस सुनता चला गया।

कोई लफ्ज़ खिलते फूल जैसा सुना तो खिल उठे,
तल्ख हुआ तो खून-ए-ज़िगर बस रिसता चला गया।

किसी की राह में जब बिखरा हूँ फूल बन कर,
रोज़-ब-रोज़ मैं नये रंग में खिलता चला गया।

आप आज़मा के तो देखिये, तजुर्बे से कह रहा हूँ,
है बोया जो जिंदगी में वो ही मिलता चला गया।

वक्त ने इस कदर सिखाये हैं सबक कि आखिर,
बदलते ज़माने के साथ मैं भी बदलता चला गया।

जो कुछ मुझको हुआ तजुर्बा गुज़रे हुए सालों में,
मैं अपनी ग़ज़ल में वो सब लिखता चला गया।

29. मद्धम उजाले हो गये

रिन्दों के उठते ही बेहाल प्याले हो गये,
शमाँ के बुझते ही मद्धम उजाले हो गये।

सोचता हूँ उदास आंख कभी हंसेगी क्या,
महफ़िल अपनों के बिना सजेगी क्या,
इक चेहरा महफिल से ग़ैरहाजिर है आज,
कोई सूरत उसकी जगह ले सकेगी क्या।

पलट के देख हम किसके हवाले हो गये,
शमाँ के बुझते ही मद्धम उजाले हो गये।

तरसता हुआ बेसहारा, अनाथ, छूट गया,
हम-निवालों हम-प्यालों का साथ छूट गया,
ख़ुशगवार, हंसती जिन्दगी वीरान हो गयी,
जब अपनों से ही अपनों का हाथ छूट गया।

घुटता है दम अब सांसों के लाले हो गये,
शमाँ के बुझते ही मद्धम उजाले हो गये।

आधी रात गये, कोई बिलखता है कहीं,
आंखों में आंसू लिये, सिसकता है कहीं,
अंधे की लाठी, आंखों का तारा नहीं रहा,
अब जिंदा लाश बन के भटकता हैं कहीं।

चमकते सितारे बुझ कर काले हो गये,
शमाँ के बुझते ही मद्धम उजाले हो गये।

30. महाशून्य ही हो जाना है मुझको

खाली पोंगरी हो जाना है मुझको!!!
बस... महागीत गाना है मुझको!!!

खोज लेना है अपने अस्तित्व की केंद्र-धुरी को मैंने,
मन के उलझे तारों को लय में ले आना है मुझको।
लाना है सुर में श्वासों और ज़िन्दगी बेसुरी को मैंने,
सरस्वती के लिये यह मन-मंदिर सजाना है मुझको।
रख लेना है होंठों पर सात सुरों की बांसुरी को मैंने,
अपनी सांस भर कर सप्तक-सरगम गाना है मुझको।
कृतज्ञता से जीया है हर स्थिति अच्छी-बुरी को मैंने,
शुभ्र-दिव्य चादर को कलुष छींटों से बचाना है मुझको।
त्याग कठिन है, पर त्यागना ही है मजबूरी को मैंने,
सम्भलना कठिन है, मग़र सम्भल जाना है मुझको।
समूल परिवर्तन लाना है मुझको!!!
बस... महागीत गाना है मुझको!!!

तो महाकण्ठ मौन तोड़ कर मुक्त कंठ से गान छेड़ता,
स्वर की विधा सीख, अपना साज बिठाना है मुझको।
पवन का संगीत अनुपम, मधुर कर्णप्रिय तान छेड़ता,
रियाज अभी बाकी, तूफ़ाँ से स्वर मिलाना है मुझको।
जल प्रपात का कलकल नाद, स्वरूप को सहज भेदता,
बरसते मेघों में भीग, राग मल्हार हो जाना है मुझको।
भभकती आग, लपकती सुर्ख ज्वाला का तीर छेदता,
पुनः हो के कोई तानसेन राग दीपक गाना है मुझको।
महाशून्य के दैवीय नाद का स्रोत बताये कोई महावेत्ता,
अनन्त से उत्पन्न दिव्य, ओंकार नाद गाना है मुझको।
प्रकृति से एक हो जाना है मुझको!!!
बस... महागीत गाना है मुझको!!!

विश्व ध्वनि का निज रूप, नटराज महानृत्य में लीन,
त्याग मार्ग विपरीत-दिशा का ताल मिलाना है मुझको।
ये ब्रह्माण्ड अखण्ड त्वरा से महालीला में चिर-तल्लीन,
इस गुप्त रहस्यमय क्रीड़ा संग एक हो जाना है मुझको।
इस महारास के बीच स्थापित स्वरसंगति में लवलीन,
अधिष्ठात्री के आशीर्वाद से महाकाव्य हो जाना है मुझको।
विलय-उद्गम के पार कौन, ये विषय गूढ़ है और महीन,
निर्माण-विध्वंस के चिर विवाद का पार पाना है मुझको।
मध्यदेश का मैं निवासी दस दिशाओं का यात्री प्राचीन,
चिर-भटकते महायात्री को गंतव्य तक पहुंचाना है मुझको।
महाशून्य ही हो जाना है मुझको!!!
बस... महागीत गाना है मुझको!!!

31. मेरा अहसास

कैसा यह अहसास अनोखा, कैसी यह प्रतीति,
प्रेम को क्यों हैं अंधा कहते, क्यों है दिलकश प्रीति।

क्या है सिहरन, क्या अंगड़ाई, क्या है विरह वियोग,
बिना पंख के उड़ें उमंगें, यह सच है या संयोग।

मृण्मय में चिन्मय बैठ कर कैसे सांसें लेता,
आता है मेहमान कहाँ से और कहाँ चल देता।

मेरा यह अहसास सदा इक बात मुझे समझाये,
हर उत्तर के बाद अरे क्यों प्रश्न चिन्ह लगाये।

बस कर रे अहसास न अब तू ऊंची ऊंची हाँक,
तुझको तो खुद देख न पायी तेरी अपनी आँख।

मैं हूँ इक दरवेश पीया है घाट घाट का पानी,
न तो काम के उत्तर मेरे न ही काम के ज्ञानी।

सुबह बीत गयी ढली दोपहरी, लम्बी हो गयी छाँव,
बहुत हो गया सफ़र मुसाफ़िर थक चुके अब पाँव।

दूर देश का कोई बुलावा आता रहा निरन्तर,
लेकिन दूर है मंजिल मेरी, बहुत बड़ा है अंतर।

इस दुनिया की राह कठिन, कीचड़ में चलने जैसी,
हुआ है यह अहसास यहाँ नहीं यारी करने जैसी।

गठरी फेंक सवालों की हो अबोध, निरूत्तर, मौन,
अकम्प-अचल-एकांत, निशब्द में देख तू कौन।

32. मेरे खेवनहार

नहीं रहना देश बेगाना, नहीं रहना बीच मझधार!
मेरे खेवनहार... मुझे ले चल क्षितिज के पार!!!

मन कहता पथरीले राह पर कब तक रहना है,
कण्टकाकीर्ण मार्ग के घाव कब तक सहना है,
उकेरे हुये यह शिलालेख से पाँव बन चुके तेरे,
क्यों लिखा ये दुखड़ा, तुमने किस से कहना है।
पोंछ लेख माथे के मेरे, दे नया सँसार!!!
मेरे खेवनहार... मुझे ले चल क्षितिज के पार!

जहां पड़ी रात वहीं निढाल हो कर पड़ा रह गया,
झंझावात में सर छुपा, ओट लेकर खड़ा रह गया,
बाहों और निगाहों की चिर-भावन तस्वीर लिये,
मन ख्वाबों के खम्बे से उतरा कभी चढ़ा रह गया।
यही है मेरे इस एकाकी जीवन का सार!!
मेरे खेवनहार... मुझे ले चल क्षितिज के पार!

कतारबद्ध प्राणी की परिणति सर्वविदित है,
मैं नही कोई अपवाद यहाँ सब पूर्व निश्चित है,
भीड़ में सब अकेले, तिरोहित मुख से है मुस्कान,
जीव यह निराधार, अन्त प्रारम्भ में निहित है।
दावानल में घिरा विश्व निश्चित है सँहार!!!
मेरे खेवनहार... मुझे ले चल क्षितिज के पार!

33. मुहँ मोड़ के जाओ न

एक गुंचा है शाख पर यूँ तोड़ के जाओ न,
ज़िंदा है अभी इस क़दर छोड़ के जाओ न।

साँसों के सुर-ताल में सुनिये तो सरगम है,
थिरकते पाँव देखिये अभी भी कुछ दम है,
बदन की कोशिकाओं में खून बहता है अभी,
गिराओ न इस मकान में कोई रहता है अभी,
निष्प्राण तो नहीं हुआ है अभी स्पंदन शेष है,
इंसान की सभ्यता का इसमें भी अवशेष है,
जोड़ सको तो अच्छा वरना तोड़ के जाओ न,
ज़िंदा है अभी इस क़दर छोड़ के जाओ न।

इंसानियत का इक सबूत है, मिसाल है यह,
मुफ़लिसी का रूप कितना विकराल है यह,
नन्हे हाथों में भीख का कटोरा कुछ कहता है,
इक बदन चीथड़ों में भी लिपटा हुआ रहता है,
सभ्यता के नाम पर इन्सान जहां पहुंचा है,
वो पड़ाव अभी दूर है, मुकाम अभी ऊँचा है,
कड़वी सच्चाई से यूँ मुँह मोड़ के जाओ न,
ज़िंदा है अभी इस क़दर छोड़ के जाओ न।

34. मुलाकात

उनकी सूरत देखूं या सूरत-ए-हाल पूछूं,
दिल का दर्द पूछूं या मन का मलाल पूछूँ।
अपने हालात न कहेंगे अपनी जुबाँ से वो,
फिर भी चाहत ये कि कुछ तो सवाल पूछूँ।

विरह में हम जिये तो वो भी जिये होंगे,
अश्कों से तर गाल उसने भी किये होंगे,
बात बनाने में उनको हासिल है महारत,
बड़ी अदा से हालात सम्भाल लिये होंगे।

भीगे तकिये कहेंगे कहानी छुपाएंगे कैसे,
दिल पे गुजरी हुई जुबाँ से सुनाएंगे कैसे,
जो हाथों पे लिख लेते होंगे कभी नाम मेरा,
खुद ही देखते होंगे किसी को दिखायेंगे कैसे।

भारी पलकों को पानी के छींटे दे कर,
रखा है तरो-ताजा किस कदर हमने!
विरह की तपिश क्या होती, हमसे जानो,
उफ़्फ़ तक न कभी की है मगर हमने!!

35. नदिया के उस पार

ओ रे मांझी ले चल मुझको नदिया के उस पार,
या मैं स्वयं खेवट बन जाऊँ दो कश्ती-पतवार।

नदिया की जलधार बनूं दिन रात ही चलता जाऊँ,
पाल खोल, पतवार छोड़, धारा संग बहता जाऊँ,
हर बोझ से मुक्त, मस्त, निर्भार सा तिरता जाऊँ,
प्रपात-भँवर से हाथ मिला कर आगे बढ़ता जाऊँ।

कभी आऊँ इस पार कभी तो जाऊँ मैं उस पार,
समय-सारणी निश्चित करे नदिया की रफ्तार।
ओ रे मांझी ले चल मुझ को नदिया के उस पार,
या मैं स्वयं खेवट बन जाऊँ दो कश्ती-पतवार।

मुक्ति जीवन का प्रतिमान, सागर संग मिल जाऊँ
प्रवाह को जीवनगीत बना लूँ कलकल गाता जाऊँ,
निर्बाध, यायावर सा वैरागी इक राग सुनाता जाऊँ,
सीमा में रह कर असीम का स्वप्न सजाता जाऊँ।

बहना है विस्तार का सूचक, जड़ता नहीं स्वीकार,
हो खुले आसमाँ जैसा जीवन न हो कोई पारावार,
ओ रे मांझी ले चल मुझ को नदिया के उस पार,
या मैं स्वयं खेवट बन जाऊँ दो कश्ती-पतवार।

36. नई राहें

मेरे ज़मीर ने नई चाहत को पुकारा है,
चिराग ने अंधकार को ललकारा है,
चलते हैं दोस्त अब शहर से तुम्हारे,
मुझे किसी नई मंजिल ने पुकारा है।

ज़मीन की दूरियों का असर देखेंगे,
वक्त की मजबूरियों का असर देखेंगे,
देखते हैं हम या तुम, कौन बदलता है,
इक बार तो जरूर पलट कर देखेंगे।

देखिये, पानी बहता रहे तो अच्छा,
रमता जोगी रमता रहे तो अच्छा,
परिवर्तन नियम है शाश्वत यहां का,
रथ का चाक घूमता रहे तो अच्छा।

सिर्फ इक काग़ज़ी तूफान उठा है,
कलम की ताकत का उफान उठा है,
मिलते रहना, हमको बुलाते रहना,
हम नहीं, हमारा सामान उठा है।

37. पंछी रियाज़ करते हैं

यह सुबह का वक्त भी लाजवाब है,
सब जीवन का पुनर्आगाज़ करते हैं।
मुस्कराहट के साथ आंख खुलती है,
जब पँछी मुंडेर पर रियाज़ करते हैं।

बदलते मौसम में यौवन जागता है,
तो नये घोंसले तैयार होने लगते हैं।
आंगन में फिर गूंजती है किलकारी,
वंशज अण्डे से बाहर आने लगते हैं।
पंख निकलते ही अज्ञात की ओर,
घोंसला छोड़ कर परवाज़ भरते हैं।
कलरव भर देता रूह को ताज़गी से,
जब पँछी मुंडेर पर रियाज़ करते हैं।

हवा की गोद में पलने वाले नवजात,
किलकारियां भरते हुये जवाँ होते हैं।
दाना जमीन पर, ठिकाना शाख पर,
ऐसे शाही खानाबदोश कहाँ होते हैं!!
टहनी, मुँडेर की ओट में रैन बसेरा,
सुबह गा कर पूजा नमाज़ करते हैं।
चहचहाना लगता पाशर्व संगीत जैसा,
जब पँछी मुंडेर पर रियाज़ करते हैं।

कौआ देता है पिया के आने की खबर,
कबूतर इधर की खबर ले के जाता है।
महफ़िल सजती है कोयल के गीतों से,
उधर झांझर बांध मोर रास रचाता है।
मुर्गे देख लेते हैं पूर्व से उगती मशाल,
वोह पौनी रात बीते आवाज़ करते हैं।

योगियों की होती है वोह अमृत वेला,
जब पँछी मुंडेर पर रियाज़ करते हैं।

सींखचा खुशी का आशियाना नहीं,
यह तो जन्मजात आज़ाद परिन्दा हैं।
तोते सीख जाते बोलना आदमी जैसा,
क्या करें, तुम्हारे रहम पर ज़िन्दा हैं।
इंसानीं फ़ितरत है सबको बांधने की,
वे परिन्दों पर कहाँ लिहाज़ करते हैं।
तामसी चादर ओढ़ कर मारते खुर्राटे,
जब पँछी मुँडेर पर रियाज़ करते हैं।

38. पहर खास होता है

जब विस्मय-विभोर मन अनायास होता है,
ज़िंदगी का वो पहर बहुत ही खास होता है।

डूबता सूरज जब लालिमा छोड़ रहा होता है,
अंधकार की चादर जगत ओढ़ रहा होता है।
चहकते पक्षी घोंसलों में वापस आने लगते हैं,
जुगनुओं के झुरमुट जब जगमगाने लगते हैं।
सुबह का तारा पूर्व में उदय होने लगता है,
उजयारे की आभा से तम सिमटने लगता है।
जब मौन स्वतः गहराये दैवी अहसास होता है,
शून्य हृदय में उतर आये वो पहर खास होता है।

सावन काली घटाओं से आकाश ढांक लेता है,
काली घटा के छिद्र से जब सूर्य झाँक लेता है।
चंद्रमा जब जगत को चांदनी से भरता है,
बारिश की बूंदों में जब इन्द्रधनुष बनता है।
पर्वतों से बहती धारा जब नर्तन करती है,
जब झींगुरों की टोली सांय कीर्तन करती है।
प्रकृति की अद्भुत कृति का अहसास होता है,
हृदय अवाक रह जाये वो पहर खास होता है।

भँवरा जब कलियों को रागिनी सुनाता है,
पपीहा जब पुकार दे पी को बुलाता है।
यौवन के उभार जब प्रकट होने लगते हैं,
प्रेम के गहन अर्थ जब स्पष्ट होने लगते हैं।
धड़कनों को थाम जब कोई निकट आता है,
छोटी सी बाहों में जब विश्व सिमट जाता है।
जिंदगी में कभी कभी जब मधुमास होता है,
हृदय हो प्रेम-आप्लावित वो पहर खास होता है।

कभी कभी प्रभु का मैं जाप भी कर लेता हूँ,
छोटी मोटी कोई शरारत, पाप भी कर लेता हूँ।
कभी कभी मैं कोई अठन्नी दान भी कर देता हूँ,
छोटा-मोटा कभी कभी अहसान भी कर देता हूँ।
राह पर मिले पड़ा रुपैय्या उठा के मैं रख लेता हूँ,
रोज नहीं पर कभी कभी दारु भी चख लेता हूँ।
साधारण इन्सान हूँ मैं जब ये अहसास होता है,
अहंकार शून्यता से भरा वो पहर खास होता है।

39. प्रेम द्वार है

देखो, कितनी जवाँदिली है आपकी,
बुजदिलों का खेल नहीं है आशिक़ी।
बच्चों के साथ अभी कंचे ही खेलिये,
आशिक़ी की उम्र नहीं अभी आपकी।

दूध के भी दांत अभी टूटे नहीं,
खिलौने हाथ से अभी छूटे नहीं,
तितलियों के पीछे सम्भल के भागिये,
अभी कच्चा है बदन टूटे नहीं।

गहरे पानी मे अभी उतरो नहीं,
ख़तरा है बहुत वहाँ से गुज़रो नहीं,
मशविरा है अभी एहतियात बरतिये,
ऐसा न हो कि जिंदगी भर उबरो नहीं।

सहज आशिक़ी नाहीं, बातूनी मूक हो जाये,
गहरी खड्ड है ये, झाँक के सर चकराये,
यूँ ही नहीं ऋषियों ने प्रेम को परम कहा,
कोई जीसस क्यों भला सूली चढ़ जाये।

सोचिये क्यों है प्रेम का दुश्मन जमाना,
क्यों मुश्किल था रांझे-मजनूं को समझाना,
मीरा प्रेम दीवानी बनी क्यों राज छोड़ कर,
प्रेम भँवर है, फंसे तो मुश्किल बाहर आना।

प्रेम के ढाई अक्षर सिर्फ़ कहने की बात है,
यह न फूलों की सेज न ही चांदनी रात है,
जिंदा जले परवाने शमां के प्रेम में पड़ कर,
फूलों की नहीं है भाई, शोलों की बरसात है।

तैयार हो तो चलो, प्रेम करो, डरिये नहीं,
कटवा लो शीष काँधे पे ले के मरिये नहीं,
प्रेम द्वार है जीवन का और मुक्ति का भी,
अब उतरो इसमें एक भी पल ठहरिये नहीं।

40. रहस्य

हमने कीचड़ में इक फूल को खिलते देखा है,
एक उम्र जीया पुनः कीचड़ में मिलते देखा है।

शून्य से दीये में ज्योति प्रकट होते देखी है,
बुझते ही विलुप्त हुई शून्य में खोते देखी है।

पानी की बूंद कड़ी धूप में वाष्प बनते देखी है,
मेघों का रूप ले कर धरती पे बरसते देखी है।

मिट्टी में मिले बीज से कोंपल खिलते देखी है,
जड़ से बीज का पुनः सफर बीज बनते देखी है।

चकमक में छुपी आग काठ में प्रकट देखी है,
काठ को राख कर खुद भी हुई नष्ट देखी है।

एक धुरी पर घूमते हैं सारे ग्रह नक्षत्र यहां पर,
चलाये हुए है ब्रह्माण्ड बृहत चलचित्र यहाँ पर।

मुर्गी या अंडा, नर या मादा, पहले कौन आया,
आत्म या अनात्म, ब्रह्माण्ड में कौन समाया।

उद्गम-विलय की मित्रता विचित्र सी लगती है,
मृत्यु जीवन की लँगोटिया मित्र सी लगती है।

शून्य अनुपस्थिति नहीं अत्यधिक सघन है,
स्थूल को संभालने में दिन-रात संलग्न है।

निर्माण और विध्वंस यहाँ डाल के गलबाहीं रहते,
एक पक्ष को जीवन और एक को मृत्यु कहते।

41. तक़रार

यह इल्जाम है हम पर कि हम तेरे कभी न थे,
अपनी ही नजर में हम इतना गिरे कभी न थे।
दिल आज मायूसियों के अंधेरों में उलझा हुआ,
यूँ शिकवों के भी गुबार में हम घिरे कभी न थे।

मुहब्बत को ही अपना नसीब बना के जीये हम,
सनम खुदा, सनम को सज़दे ताउम्र किये हम।
आज मआल-ए-सफर[1] में कोई शिकवा नही हमें,
अपने दिल की मानी है, अपने दम पे जीये हम।

न झुके किसी के सामने, न दब के कभी रहे हैं हम,
तेरी अदालत में मग़र, इक मुजरिम ही रहे हैं हम।
मेरी फेहरिस्त में गुनाह, तेरी में सिर्फ बुलंदियाँ,
ताज्जुब है क्यों आज तक तेरे ही बन के रहे हैं हम।

जो बेगुनाह हो तो काफी है, सबूत-ओ-गवाह पेश न कर,
बेवजह सरे आम अब तमाशा-ओ-कलह-क्लेश न कर।
ज़िद है तो एक काम कर, मुझे जिंदगी से आज़ाद कर दे,
मेरे जीते जी मेरे सामने, किसी रोज़ मेरा श्राद्ध कर दे।

मैं हूँ चिराग जो सबके लिए अंधेरे से लड़ा है रात भर,
तू बोल तेरे लिये क्या करूँ, मेरी ओर देख के बात कर।
यह रोज रोज का सुलगना इक बार जला के राख कर,
तक़रार है तो जी भर के कर आंखों में आंखें डाल कर।

1. सफ़र के अंत में

42. तमाशा कब तक देखें

उदास चेहरों पर छायी निराशा कब तक देखें,
इक मूकदर्शक बन के तमाशा कब तक देखें।

बदन ढाँकते हैं जिनके फटे कोई चीर पुराने,
पगडंडी पर कटती रातें पोटली रख सिरहाने,
कटोरा भीख का थाम कर जो दिन भर भटके,
चमगादड़ सम शाम शाख पर आ कर लटके।
इन्साँ की ऐसी अतिशय दुर्दशा कब तक देखें,
इक मूकदर्शक बन के तमाशा कब तक देखें।

सुघड़ व्यवस्था अभी दूर क्षितिज पर खड़ी है,
इन्सान की आंखों पर अभी भी धूल पड़ी है,
वर्णों की कुत्सित कुरीति है देश पे धब्बा,
किसी को घृणित समझना है कितना भद्दा।
वर्ण आधारित यह परिभाषा कब तक देखें,
इक मूकदर्शक बन के तमाशा कब तक देखें।

यहाँ प्रेम पर प्रतिबंध घृणा स्वच्छन्द घूमती,
सरहदी अदृष्य दीवार यहाँ पर गगन चूमती,
यहाँ कौन उठाये बीड़ा, कौन यह दाग़ मिटाये,
बृहत प्राचीर पर जा कर कौन ध्वजा फहराये।
उठायें ज्वलंत मशाल कुहासा कब तक देखें,
इक मूकदर्शक बन के तमाशा कब तक देखें।

43. तस्वीर

सूक्ष्म सम्वेदना को बांध के रख सके,
वो अदृश्य नाजुक जंजीर देखते हैं।
नूतन पुरातन को याद कर रहा है,
आओ कोई पुरानी तस्वीर देखते हैं।

शब्द कह न पाएं न कह सके इशारा,
न धड़कन न आहट न चेहरा हमारा।
कहें किस तरह से वो किस्सा-कहानी,
कहाँ से हम लायें वो मंजर दोबारा।

धरा-आसमाँ जिस जगह मिल रहे हैं,
उसे जोड़ती इक लकीर देखते हैं।
चेहरे की झुर्रियां आवाज दे रही हैं,
आओ कोई पुरानी तस्वीर देखते हैं।

धड़कन की लय पर नग़मे हैं गाये,
पलकों की छाँव घने गेसुओं के साये।
सपनों में परियाँ जवाँ दिल था रांझा,
वो ख्वाबों की दुनिया कहाँ छोड़ आये।

सफर की निशानी वो बीती कहानी,
थी जिसमें लिखी वो तक़दीर देखते हैं,
कल्पना यथार्थ को याद कर रही है,
आओ कोई पुरानी तस्वीर देखते हैं।

निखरे चेहरा बदले गुण धर्म रक्त का,
होता रोमांच मिले मीत उस वक़्त का।
जलतरंग सी मधुर धुन बदन में बहे,
थिरकें पाँव गायें गीत उस वक़्त का।

भावों के विस्तार में आकण्ठ डूब कर,
नयनों में छलकते अश्रु-नीर देखते हैं।
हृदय भाव विभोर हो नृत्य करने लगे,
आओ कोई पुरानी तस्वीर देखते हैं।

44. तुझे सब पता

मेरे हमनवा कुछ तो बता, तू तो जानता तुझे सब पता।
मेरा हाथ ले तू मेरे साथ चल, है नया नया सा ये रास्ता।

तेरे नयन सागरों जैसे क्यों, तेरी जुल्फ बादलों जैसी क्यों,
मेरा हाल उतावलों जैसा क्यों, मेरी प्यास पागलों जैसी क्यों,
इक जाम है तेरी हर अदा, तू तो खुद-ब-खुद इक मयकदा,
इस मयकशी का सबब बता, तू तो जानता तुझे सब पता...

मैं गणित का कोई सवाल हूँ, मेरा हल बता जिस हाल हूँ,
मेरी कशमकश का ज्वाब क्या, मेरी चाहतों का हिसाब क्या,
तू युगों से मेरी तलाश क्यों, नयनों में तेरी है प्यास क्यों,
तुझसे मेरा रिश्ता है क्या, कुछ तो बता, तुझे सब पता...

मेरी धड़कनों का खयाल रख, मेरे दिल पे अपना हाथ रख,
मेरी रहगुज़र का तू हमसफ़र, मुझको तू अपने साथ रख,
मेरी रूह का तू ही है रहनुमा, तेरा शुक्रिया मेरे मेहरबाँ,
मंज़िल तू ही, तू ही रास्ता, तू तो जानता तुझे सब पता...

45. वीरांगना

दूर दूर तक मेरे महबूब की कहीं खबर नहीं,
खैरियत ही भेज दे कासिद के हाथ, पर नहीं।

घटाओं के झुण्ड आसमान पे घुमड़ते जा रहे,
ये बादल बूंद बन के ज़मीं पे उतरते जा रहे,
हवाओं के झोंके आसपास सरसराने लगे हैं,
गुमाँ होता है ये सब तुम्हारा संदेश ला रहे।
अफसोस कि तुम आज मेरे साथ घर नहीं,
खैरियत ही भेज दे कासिद के हाथ, पर नहीं।

लफ्ज़ खतों से उड़ कर हम से लिपटते जा रहे,
अरमाँ फिज़ाओं में घुल कर बिखरते जा रहे,
गरजते बादल बुझायेंगे प्यास ज़मीं की आज,
कैसे कहें कि अरमान हमारे उमड़ते जा रहे।
पड़ती है रात भारी, गुज़रते यह पहर नहीं,
खैरियत ही भेज दे कासिद के हाथ, पर नहीं।

देश की खातिर तुम किसी सरहद पर होंगे,
बस्ती से दूर, किसी पर्वत शिखर पर होंगे,
हमारे अरमान तुम्हारी अमानत हैं प्रियतम,
गर्व है महफूज़ तुम्हारे कारण कई घर होंगे।
सीने में हमारे भी दिल है कोई पत्थर नहीं,
खैरियत ही भेज दे कासिद के हाथ, पर नहीं।

46. यह हिन्दी भाषा है

नींद तो टूट जाती है भाई जब पौ फटती है,
मग़र खून नहीं बहता जब नाक कटती है।

यह क्या बात हुई कि दिल चोरी हो गया,
न तो कोई गवाह न ही अदालत बैठती है।

अखियों से गोली मारी कुछ मरे कई घायल,
कमाल है भाई यह जवानी ग़ज़ब करती है।

आंखों-आंखों में कोई लुट गया कोई लूट गया,
कोई तारे गिनता है, कहीं आंख नहीं लगती है।

कोई कड़वा घूंट भरा, न भूख मिटी न प्यास,
मग़र मुँह की खाओ तो, सच में मिटती है।

आग बबूला होता पगला, जली कटी सुनाता है,
मग़र पत्नी के सामने उसकी घिग्गी बंधती है।

दबी जुबान के चलने की आहट सुनी कभी?
लम्बी जुबान तो देखी होगी, भई भागती है!!

मन मे लड्डू फूटते दिल फूला नहीं समाता,
कोई फुलझड़ी मुस्करा के हाथ पकड़ती है।

सिक्का बड़ी चीज है, चलता है तो चलता है,
सुना कभी नाके पे पुलिस चालान काटती है?

डींगें हाँकने वाले भी सर पर पैर रख के भागते,
यह हिन्दी भाषा है इसका लोहा दुनिया मानती है।

47. यह पहचान हमारी है!

अपना मार्ग खुद बनाओ तब कुछ बात न्यारी है,
पटी पटाई राह पे चलना इसमें क्या होशयारी है।

किसी और के कंधे पर रख बंदूक चलाता है,
तीस मार खां कहलाये वो डरपोक शिकारी है।

अपनी मर्जी करे कभी न, हर पल पूंछ हिलाये जो,
समझो शादीशुदा बेचारा या चापलूस सरकारी है।

अपनी मस्ती में है कोई भैया उसको रहने दो,
बेबजह यूँ टांग खींचना यह भी एक बीमारी है।

मुफ्त सलाहें देते रहते वक्त पे साथ निभायें न,
क्यों कहियेगा उसे दोस्ती वोह बेकार की यारी है।

दो घरों का मेहमान अक्सर भूखा रह जाता है,
घास के दो ढेरों में गधे ने भूखे उम्र गुजारी है।

दो नावों का सवार अंततः डूब के ही मर जाता है,
माया मिली न राम बस जीती बाजी हारी है।

मालूम है जिस शाख पे बैठो उसे भूल के काटो न,
लेकिन हमको होश कहां गहरी नींद हमारी है।

बिन मांगे न दीजै मशविरे न ही किसी से लीजै,
अपने काम से रखिये काम इसी में समझदारी है।

इन्साँ हैं तो इन्सानों के गुण धर्म अपनायें हम,
सब से बुद्धिमान प्राणी यह पहचान हमारी है।

48. यूँ ही ख़ुशगवार रहे

सर पे तुम्हारे रहमत-ए-परवरदिगार रहे,
खुदा करे, ताउम्र तू यूँ ही ख़ुशगवार रहे।

नरम राहों पर तू हमनवा के संग रवाँ रहे,
उजालों से भरी राह पर बढ़ता कारवाँ रहे,
शोहरत की उड़ान को नई बुलंदियाँ मिलें,
खुशनिगाही बनी रहे, खुदा निगेहवाँ रहे।

ज़िन्दगी गुल-ओ-गुलज़ार सदाबहार रहे,
खुदा करे, ताउम्र तू यूँ ही ख़ुशगवार रहे।

बदन कुन्दन के जैसा खिले - जगमगाये,
यौवन का जलवा चारों ओर धूम मचाये,
चेहरे पर खिली रहे तबस्सुम की चांदनी,
जमाल-ए-रौशन से तेरे चाँद भी शरमाये।

हुस्न बेदाग, रुख-ए-रौशन पे श्रृंगार रहे,
खुदा करे, ताउम्र तू यूँ ही ख़ुशगवार रहे।

जो भी सवाब[1] हैं मेरे, असर तेरी ओर जाये,
तेरे हर ख्वाब पर खुदावन्द गौर फरमाये,
बद नज़र, बुरी बला तुझसे सदा दूर रहे,
आये भी तो राह मोड़ के कहीं और जाये।

सूरज-चाँद के रहने तक तेरा शुमार रहे,
खुदा करे, ताउम्र तू यूँ ही ख़ुशगवार रहे।

1. पुण्य

49. यूँ तो नहीं

चश्मे-सुर्ख[1], पेशानी[2] पे शिकन, यूँ तो नहीं, बात है कुछ,
होंठों पे आह, दिल में चुभन, यूँ तो नहीं, बात है कुछ।

अहसास छुपाने की कोशिश-ओ-फितरत[3] पुरानी उनकी,
हम से तसादुम[4] में बस यूँ ही गुजरी है जवानी उनकी,
तन्हा रातों का स्याह अक्स है चेहरे पे गहराया हुआ,
तल्खियां[5] और बढ़ी हैं, बिगड़ी है और कहानी उनकी,
हैं आँख के दीये मन्द मन्द, यूँ तो नहीं, बात है कुछ,
स्याह दायरों से घिरे घिरे, यूँ तो नहीं, बात है कुछ।

वो हसीन शाम जब गुजरे थे हम उन राहों से कभी,
छलका इश्क-ओ-वफ़ा का सागर था निगाहों से कभी,
चमन वीरान है आज, बहारों ने भी मुंह फेर लिया,
लब खामोश हैं आज जो आशना[6] थे कहकहों से कभी,
साथ अपनों का छूट गया, यूँ तो नहीं, बात है कुछ,
जमाना भी जैसे रूठ गया, यूँ तो नहीं, बात है कुछ।

वो मुलाकात, ख्यालात, वो हर बात जो अधूरी रही,
किस्मत देखिये कभी उनकी, कभी अपनी मजबूरी रही,
उम्मीद कभी टूटी नहीं, आशा की किरण जलती रही,
चाहत-मिलन के दरम्यान, हमेशा मगर इक दूरी रही।
बिखरे हैं टूटे हुए ख्वाब, यूँ तो नहीं, बात है कुछ,
शिकवा है नसीब से आज, यूँ तो नहीं, बात है कुछ।

देखिये हमने आज फिर उस याद के दीये जला लिये,
उदास खामोशियों को रंगीं जवानी के नग़मे सुना दिये,
अंधेरों-उजालों की तरह कई मौसम आये निकल गये,
हम यूँ ही राह देखते रहे, दिन बरसों में बदल गये।
गुज़री उम्र, कुछ भूले नहीं, यूँ तो नहीं, बात है कुछ,
वो जुदा हुये पर जुदा नहीं, यूँ तो नहीं, बात है कुछ।

---

1. लाल आंखें, 2. मस्तक, 3. स्वभाव, 4. परस्पर टकराव, 5. कड़वाहट, 6. पहचान

50. जिक्र-ए-यार

यूँ हो कि जबीं सजदा कर के उठे न कभी,
जग रूठे मग़र मेरा रुह-ए-यार रूठे न कभी,
हस्ती मेरी रूख़सत होती हो तो खुशी से हो,
मगर दामन-ए-यार हाथ से छूटे न कभी।

निगाह-ए-यार तो जैसे कोई ज्वाला है,
उसके नयनों में तो सूरज का उजाला है,
मिले नज़र तो इक बिजली सी कौंध जाए,
छू ले तो लगे कि दम निकलने वाला है।

गुलों में रंग-ओ-बू मेरे यार से है,
जश्न-ओ-ईद उसके दीदार से है,
उसके बिना मेरी औक़ात क्या थी,
मेरी खुद की पहचान मेरे यार से है

खुदा का दूसरा नाम है यार मेरा,
नाम क्या खुद ही खुदा है यार मेरा,
फितरत बदल देता है हर इंसाँ की,
उसने बदल दिया है किरदार मेरा।

दिल का हर कोना उसका निवास है,
ज़ुबाँ पर मेरी उसकी ही मिठास है,
रग़ों में मेरी बहता है वो रक्त बनके,
मैं जो पहनू वह उसका ही लिबास है

खेलता साथ मेरे वो आंख मिचौली,
संजीदा बात पर भी करता ठिठोली,
रँगरेज की खुदा जाने या वही जाने,
गेरुआ हुआ चोला खेली ऐसी होली।

इस घाट से पीने को बहुत है बाकी,
वक्त कम है, सफर बहुत है बाकी,
इक वादा हम को निभाना है अभी,
रात होने को है, डगर बहुत है बाकी।

हिम्मत दे, मुश्किल मेरी आसान कर दे,
काँटों भरी राह मेरी गुलिस्तान कर दे,
बेअदब कहलाऊँ जो ऐसी शर्त रखूँ पर,
कर दे, मुझे भी अच्छा इन्सान कर दे।

51. सुबह की नींद

उनींदी अलसायी आँखें डगमग करती चाल,
इरछे तिरछे वस्त्र चुनरी उलझे उलझे बाल।
नींद जीवन की अर्धांगिनी इसलिये है प्यारी,
नींद तोड़ने वालों पर है उठता रहा सवाल।

अरुणोदय के विस्तार से छंटता हुआ अंधेरा,
खुले नींद तो अलसायी हुई तन्द्रा डाले डेरा,
कम्बल तकिया बाहों में ले करते हैं अठखेली,
उधर आवाजें देने लगता द्वार पे खड़ा सवेरा।

पिया संग अलसाया हुआ छोटा सा आलिंगन,
खींचातानी उठने की या सो जाने की उलझन,
तोड़ धुंधलका प्रातःकाल दीप्ति अंदर झाँके,
ठण्डी हवा के झोंके देते हल्की सी इक सिहरन।

छोड़ घोंसला नभचर भरते गगन में परवाज़,
नयी सुबह के नये दौर से बनता नया समाज।
नींद पराई कर बढ़ते हैं नवजीवन के पथ पर,
इसीलिये बन जाता आने वाला कल भी आज।

बुला रही है राहों की लम्बी खिंची लकीर,
पूरी करें अधूरी छूटी जो कल की तस्वीर,
एक रात काफी है जीवन नवीकृत करने में,
काफी है ग़र भूल सकें बीते कल की पीर।

शायरी

1. प्रेम शादाब हूँ मैं

मुझे आँचल में न छुपा कि जलता चराग हूँ मैं,
सरे-अर्श-ए-बरीं-आफताब[1] कि जलती आग हूँ मैं।

इक मुसाफ़िर हूँ उतर के आया हूँ किसी कहकशाँ[2] से,
ज़मीं का नहीं लिहाज़ा यहाँ की हद[3] से आज़ाद हूँ मैं।

नूर-ए-इलाही की कुर्बत[4] से सराबोर हूँ ता-हल्क[5],
हर्फ़-ए-दस्तखत[6] यह ज़ीस्त[7] मुकद्दस[8] किताब हूँ मैं।

मसाफ़-ए-ज़ीस्त[9] के मंजर की रंज-ओ-तीरगी[10] कैसी,
पुर-बहार[11], गुल-ओ-गुलिस्ताँ[12], आब-ओ-ताब[13] हूँ मैं।

रुख-ए-रौशन[14] इक सराहत[15] है उस नूरानियत[16] की,
दिल-ए-नौशाद[17] में हुई जुम्बिश[18] कि नाबाद[19] हूँ मैं।

अदम की जात कहो या कि अक्स-ए-ख़ालिक़[20],
गैबी-इल्हाम[21] हूँ मैं, सुर-ताल, साज-ओ-राग हूँ मैं।

इक रूह-ओ-रवाँ, निर्मल, बेनिशाँ, अजल[22] से परे,
रौनक-अफरोज़[23] हूँ मैं, तस्लीम-ओ-आदाब[24] हूँ मैं।

बहिश्त[25] की चाह नही, यक़ीनन दोज़ख[26] का डर नहीं,
जुदा हूँ हर हाल-ओ-मंज़र से, गौहर-ए-नायाब[27] हूँ मैं।

ओंकार का नाद हूँ मैं या मौज़-ए-तरन्नुम कोई,
धनक, गुलाल हूँ मैं या गुल-ओ-शमशाद हूँ मैं।

इक शबनमी-तबस्सुम[28] और ज़ौक़-ए-मुहब्बत[29] भी,
शफ़क़-माहताब[30], अब्र-ए-नूर[31], प्रेम-शादाब[32] हूँ मैं।

---

1. आसमान पर फैला हुआ सूरज, 2. आकाशगंगा, 3. सीमा, 4. नजदीकी, 5. गले तक, 6. हस्ताक्षरित शब्द, 7. जीवन, 8. पवित्र, 9. जीवन संग्राम, 10. अंधेरों का दुख, 11. जीवन से भरा हुआ, 12. फूल-बगीचा, 13. चमक-दमक, 14. चमकता चेहरा, 15. विस्तृत विवरण, 16. दैवी प्रकाश, 17. खूबसूरत दिल, 18. स्पदंन, 19. अजेय, 20. ईश्वर की परछाईं, 21. देववाणी, 22. मृत्यु, 23. शोभा बढ़ाने वाला, 24. पवित्र प्रणाम, 25. स्वर्ग, 26. नर्क, 27. अनमोल मोती, 28. ओस जैसी शीतल मुस्कराहट, 29. प्रेम का स्वाद, 30. अस्त होते सूर्य की लालिमा में दिखता हुआ चांद, 31. प्रकाश का बादल, 32. तरो-ताजा प्रेम।

2. आज हक़ीक़त बयाँ कर दूँ

हसीन सी इक ख्वाहिश है कहो तो बयाँ कर दूँ,
लबों की हसीन दहलीज़ पे इक शाम रवाँ कर दूँ।

मुक़्तज़ा-ए-इंसाफ़[1] देखूं तो बराबर का हक़ हमें,
इक शाम अता फरमा दे तुझे भी परीशाँ कर दूँ।

गुलबदन के आने से हुई हलचल जवाँ दिलों में,
इश्क की आग से महफ़िल आतिश-फ़िशाँ कर दूँ।

गुलों की बस्तियों से थोड़ी बहार बुला के लाऊँ,
मौसम-ए-खिजाँ मैं तेरे लिये गुलिस्ताँ कर दूँ।

ये ख़ामोशी, ये वीरानियाँ, ये तन्हाई सी चारसू,
तू तशरीफ़-आवरी[2] कर मैं रौशन चिरागाँ कर दूँ।

किसी आरिज़[3] की आरजू का मौज-ए-ख़िराम[4] नहीं,
जी चाहता है तेरे लिए इश्क-ओ-जुनूँ तूफ़ाँ कर दूँ।

तेरे रुख़सार पर भटकती निगाहों को पनाह मिली,
गुदाज़ बाहों के दायरों में अपनी उम्र तमाम कर दूँ।

तेरी मुहब्बत-जाँ-निसारी के हम कायल हो गये,
गुलों-सरीखी तबस्सुम पर जवानी कुर्बान कर दूँ।

उजालों की रुख़्सती का ये वक्त उदास करता है,
तुम चांदनी बन के आओ, शाम तेरे नाम कर दूँ।

मुशायरों में सुने हैं जिस तरह मुहब्बतों के चर्चे,
तेरे सामने ग़ज़ल में आज हकीकत बयाँ कर दूँ।

---

1. इंसाफ़ के मुताबिक 2. आगमन, 3. चाहने वाला 4. धीरे-धीरे चलना

3. आओ तो सही

खुला है दर-ओ-मकाँ, तुम आओ तो सही।
प्यार ही प्यार हैं हम, आजमाओ तो सही।

देखा हमें तो चलते कदम रुक गये तुम्हारे,
हमारे भी कदम से कदम मिलाओ तो सही।

दबा के होंठ यूँ दूर से जो मुस्करा रहे हो,
जान जायेंगे हम पहेलियां बुझाओ तो सही।

चांदी सा नूर सही जो छाया हुआ बदन पे,
चन्दन का रूप हैं हम पास आओ तो सही।

धड़कनों की कम्पन से उठता हुआ ये आँचल,
निग़ाहों से कोई हसीन सितम ढाओ तो सही।

सर्द मौसम में हुए जा रहे हो यूँ तर-बतर,
हम भी देखें पानी मे आग लगाओ तो सही।

मिलिए सभी से बेशक मग़र कुछ फासला रहे,
कुछ बद-निग़ाहों को भी समझ जाओ तो सही।

बेसाख़्ता सभी के सामने यूँ आया न कीजिये,
अच्छा है कुछ लोगों से नज़र बचाओ तो सही।

अपना भी राज-ए-दिल आज सुनते तो जाईये,
शौक हमें कि तुम भी अपना सुनाओ तो सही।

खुदा का नूर रूह से हो कर बदन पे छाया है,
मुश्ताक़ हैं, बन के अब्र बरस जाओ तो सही।

4. अदाकारी-ए-हयात

आबशार-ए-इनायत[1] से दरख्शां[2] है मंज़र-ए-हयात[3],
तू सर से हाथ हटा ले तो बस यहीं पे खत्म हयात।

तुझे इंतिखाब[4] करूं, देखूँ मैं जिस पल ख्वाब तेरा,
समन्दर बन के नूर की बूँद हिलोरे मारती हयात।

यह सांसों की उठती लहरों की तपिश-ओ-ठण्डक,
बदन लगता गुलदस्ता, गुलिस्ताँ लगती हयात।

मन तो शोर-ओ-गुल का अखाड़ा है रोज़-ओ-शब,
तखलिया[5], खामोश पलों में गुलशन लगे हयात।

कितने गिरदाब-औ-आबशार[6] हैं बदन में छुपे हुये,
खामोश रवानगी का अचरज इत्तिफ़ाक़ है हयात।

ज़िन्दगी से बढ़ कर भी कहाँ करिश्माई चीज़ होगी,
कहने को मुट्ठी भर चीज़ों का इम्तिज़ाज[7] है हयात।

कहिये तो क्यों न अक़ीदत[8] से अपने ही कदम चूमें,
सोचिये कितनी मुकद्दस[9] खुदा की सौगात है हयात।

इक वरक़ है खुदा की किसी उतरी हुई किताब का,
या ज़र्रा-ए-कहकशां[10] है, ज़मीं पे मौज़ूदा हयात।

खता नहीं बहुत उम्दा कलाकारी है ख़ालिक की,
जन्नत की खूबसूरती से कहीं बढ़ कर है हयात।

ज़ीस्त[11] सवाल नहीं, किस ज्वाब की तलाश कीजे,
इक पड़ाव पर अदाकारी की पेशकश है यह हयात।

---

1. कृपा का झरना, 2. प्रकाश से भरा हुआ, 3. ज़िंदगी का नज़ारा, 4. सोचना, 5. एकांत, 6. भँवर और झरना, 7. मिश्रण, 8. श्रद्धा, 9. पवित्र, 10. आकाशगंगा का कण, 11. ज़िंदगी

5. अधूरी ख्वाहिशें

कोई हसीन लफ़्ज़ लबों पर रख के लाये हुये हैं,
वो कोई हसीन ख़्वाब भी नैनों में छुपाये हुये हैं।

वोह हैं तो बहुत करीब मग़र बनाये हुये हैं दूरियाँ,
हम से भी मिल लीजिये तुम्हारे शहर आये हुये हैं।

वो सज सँवर के आये हैं उन्हें सादगी में देखना था,
इस चाहत को बरसों से हम दिल में छुपाये हुये हैं।

बेशक वो हद-ए-निगाह तक इन्तजार करते रहेंगे,
हम से तो वोह यह फ़ासला जान कर बनाये हुये हैं।

वक्त के साथ दोस्ती, याराना सुबह और शाम से,
हंस के बरसों से वक़्त को हम गले लगाये हुये हैं।

नज़र मिलाना, दिल चुराना छोटी-मोटी शरारतें हैं,
आप यूँ ही खाहमखाह इस बात पर घबराये हुये हैं।

न जाने क्या है कि बार बार कुछ आईने में देखते हैं,
लगता है ताजा ताजा किसी को पसन्द आये हुये हैं।

उनींदी आँखों से दो चार बार हमारी तरफ जो देखा,
वोह सो रहे होंगे बेखबर हमारी नींद उड़ाये हुये हैं।

यारब आज खैर नहीं गिरेंगी कहीं तो बिजलियाँ,
अदा-ए-मासूमियत कि वो किसी से शर्माये हुये हैं।

हया से कुछ सिमटना, हमें देख झट से पलटना,
कौन उनसे कहे हम इस सितम के सताये हुये हैं।

6. अपने वजूद का साया

महरूम-ए-तरब[1] कर के वो रूख़सत[2] हो गये,
हम अपने वजूद में लौटे और अपने हो गये।

तल्ख़ी-ए-अय्याम[3] तफ़सील-ए-ग़म-ए-दहर[4] मेरा,
अगरचे उन्हें क्या जो गुज़िश्ता[5] बेगाने हो गये।

ढांक के पलकें देखते रहे गर्द-ए-राह-ए-सफ़र[6],
मेरे सामने ही यकायक गुज़रे भीड़ में खो गये।

हुस्न-ओ-इश्क के चर्चे इस कदर निकल पड़े,
सरगोशियां[7] चलते चलते अहम मुद्दा हो गये।

दिखते हैं तर-ओ-ताज़ा ज़ख़्मो के निशाँ अक्सर,
फ़क़त जज़्बात मेरे जो सबूत-ओ-बयाँ हो गये।

कोई कह रहा था यूँ उनके शहर की दास्ताँ,
वो याद आये और हाथ मेरे दुआ में हो गये।

स्याह रातों की गिनती भी अब हम भूलने लगे,
शाम-ओ-सहर,शब-ओ-रोज सब इक से हो गये।

मसाइल-ए-ज़ीस्त-ओ-गर्दिश[8] का मुद्दा न छेड़,
यूँ ही नहीं हैं हम कि जो बेजुबाँ से हो गये।

सर-ए-महफ़िल हमें देख के मुहँ फेर लिया उसने,
यास-ओ-हिरमाँ[9] हो गये, तन-ए-बे-जाँ[10] हो गये।

जी भर कर देखा यहाँ हश्र-ए-दीवानगी हमने,
आये तो बहुत पास-पास, गये तो दूर हो गये।

---

1. खुशियों से वंचित 2. विदा, 3. दिनों की कठोरता, 4. गमों की दुनिया का विस्तृत विवरण, 5. भूतकाल, 6. चलने से उड़ती हुई धूल, 7. गुपचुप तरीके से चलने बाले वार्तालाप, 8. जिंदगी में आये बुरे दिनों के मसले 9. हताश निराश, 10. बेजान शरीर

7. अरसा-दराज के बाद

उनकी मस्त-निगाही के कायल रहे हैं हम,
ताउम्र तीर-ए-नज़र से घायल रहे हैं हम।

जहां छोड़ कर गये थे वो मोड़ अभी वहीं हैं,
मुलाकात आखरी याद करते रहे हैं हम।

अपनी तो खुशियाँ बस उन्ही के संग गयीं,
ग़ैरों की बज़्म में बेशक हंसते रहे हैं हम।

ग़म-ए-हयात न हो राह में खिजाँ न हो,
गुलजार उनके लिए सजाते रहे हैं हम।

जो मिल न सका अब उसके चर्चे क्या करें,
जो मिला खुशी से शुक्र मनाते रहे हैं हम।

मुतमइन[1] हूँ खुदा की तमाम ने'मतों से,
उनके लिए शुकराना करते रहे हैं हम।

कुछ अनकहा जुबाँ पर अटका हुआ सा है,
कहने की कोशिश अक्सर करते रहे हैं हम।

बरसों से कर रहे रियाज़ पूरी न हो सकी,
मुहब्बत को मुद्दतों से गुनगुना रहे हैं हम।

माशूक़, मुहब्बत और खुदा अलग नहीं हैं,
कोई पैग़ाम-ए-इलाही लिखे जा रहे हैं हम।

आया हूँ इधर तो सोचा सलाम करता चलूँ,
अर्सा-दराज़ के बाद याँ से गुज़र रहे हैं हम।

---

1. सन्तुष्ट

8. अशआर कहता हूँ शौक़ से

महबूब की मस्त निगाही का कौन कायल नहीं,
हाथ उठाओ हम भी देखें यहाँ कौन घायल नहीं।

लबों पे फूलों की रंगत तो शहद से लफ़्ज़ मीठे,
यह मंजर है सामने, गवाही का मसायल नहीं।

अकेली जान लेकर चला हूँ अन्जान सफर पर,
जुनूँ-ए-इश्क के सिवा ख्वाब-ओ-ख़्याल नहीं।

जवाँ सीने में तूफ़ाँ है तो कदम रुकें भी क्योंकर,
मयस्सर होगा कभी जो आज वक्त-ए-वस्ल नहीं।

सागर भी तलबगार है, नदिया को पुकारता होगा,
वो भटकती है जब तक जाये सागर से मिल नही।

उमीदों पे चलती दुनिया, तमन्नाओं का खेल सारा,
ताबिश अभी और चाहिये बना है कतरा बादल नहीं।

इश्तियाक-ए-दीद[1] भी है, दिल-ए-एतिक़ाद[2] भी है,
वो शायद मुश्ताक[3] नहीं, या वस्ल के काबिल नहीं।

न मालूम इस दीवानगी का अंजाम भी क्या होगा,
हुस्न है शंहनशाह कुछ इश्क को हासिल नहीं।

हाथों में सरसराहट यह वक्त के सरकने की है,
जिंदगी चार दिन की है कोई लौह-ए-अज़ल[4] नहीं।

ग़लत मआनी न लो मेरे अलफ़ाज़ों की ऐ हमदम,
अशआर कहता हूँ शौक़ से सरिश्त[5] से बेदिल नहीं।

---

1. देखने का शौक, 2. दिल में भरोसा, 3. इच्छुक, 4. अनंत काल तक चलने वाला, 5. स्वभाव

9. बारिश नहीं होती

जुदा होने की तुम्हें कभी क्या ख़लिश नहीं होती,
तुम्हारे शहर के मौसम में क्या बारिश नहीं होती।

संगदिली, बेवफाई, बेरुखी तो तेरी फितरत न थी,
ऐसा क्या कि मिलने की कोई ख्वाहिश नहीं होती।

याद तो नहीं शायद अनजाने में हुई हो खता कोई,
पर देखिये इस कदर भी अच्छी रंजिश नहीं होती।

कीजिये याद कि रूठे तो किस कदर मनाया हमने,
जो किया है देखिये उस से बड़ी गुज़ारिश नहीं होती।

ऐसा न हो कि हो जाओ तन्हा बेरहम जमाने में,
ग़म-ए-दिल से निकले तो अच्छी नालिश नहीं होती।

सर-ए-फ़ेहरिस्त[1] ग़ैरों में रखे हैं मेरा नाम आजकल,
नामुमकिन था रक़ीबों[2] ने रची साजिश नहीं होती।

मजबूरी-ए-हालात का बहाना करते हो अकसर तुम,
हसरत हो मिलने की तो कोई बन्दिश नहीं होती।

करो तुम भी ग़ैरों सा सलूक जी भर कर हम से,
ग़म कोई भी आये सर पे अब ख़लिश नहीं होती।

जगहँसाई से क्या हासिल अच्छा है कि ज़ब्त रखूं,
जख्मों की सर-ए-आम अच्छी नुमाइश नहीं होती।

भूल जाने को इस्तेमाल किया वो नुस्खा बता दो,
हम तो हार गये अब मज़ीद[3] कोशिश नहीं होती।

---

1. सूची में सबसे ऊपर, 2. दुश्मन 3. और ज़्यादा

10. बिन बुलाये तेरे

मेरी ही कहानी के किरदार हैं यह साये तेरे,
यह तो मेरे अपने हैं पर हम अब पराये तेरे।

तूने दिल चुराया तो हमने शिकायत न की,
अब तो आँख भी चुराने के दिन आये तेरे।

कब तक मैं यादों के चराग़ों को रौशन रखूँ,
हुई मुद्दत न तुम आये न पैग़ाम आये तेरे।

ज़हन में बनी तस्वीर तेरी को मिटा न सके,
हाथों पे अक्स कई बार बना के मिटाये तेरे।

पुर्णिमा की चांदनी लगती अमावस जैसी,
ऐ ज़िन्दगी अब कुल उजाले मुरझाये तेरे।

दूर तक सर-ए-राह देखता आया हूँ आज,
फूल अब भी खिलते हैं बिन मुस्कराये तेरे।

लिख रहा हूँ मैं फेहरिस्त अपने गुनाहों की,
पर यह भी लिख दूंगा हैं कितने सताये तेरे।

महफिल में आज चल पड़े बेवफ़ाओं के चर्चे,
हमारी फ़राखदिली देख कि हमने छुपाये तेरे।

देखेंगे तेरी सरफ़रोशी और माशूकाई हम,
अखिर अब इम्तिहान के दिन आये तेरे।

साक़ी के इसरार[1] पर आया हूँ महफ़िल में,
ऐसा नहीं कि आ गया हूँ बिन बुलाये तेरे।

1. आग्रह

11. चाहता हूँ

तिशनगी-ए-इश्क[1] की हदों से गुज़र जाना चाहता हूँ,
मैं दरिया-ए-मुहब्बत में डूब के मर जाना चाहता हूँ।

विसाल-ए-यार[2] के मुतबादिल[3] हिज्र-ए-यार[4] न मिले,
तक़रीब-ए-विसाल-ए-यार[5] का जश्न मनाना चाहता हूँ।

तेरे जमाल की दोशीजगी[6]-ओ-ज़ीनत[7] की क्या कहूं,
तुझे मिसाल-ए-हुस्न की कायनात बनाना चाहता हूँ।

तुम बन के नग़मा मेरी सांसों की सरगम हो जाओ,
मैं बन कर गेसू तेरे गालों पे ठहर जाना चाहता हूँ।

तेरे इश्क में नीमकश[8] रहूँ ये गवारा नहीं मुझे,
मैं तेरे साथ इन्तिहा-ए-इश्क तक जाना चाहता हूँ।

चलो यह मंज़र भी जी भर के देख लेने दे आज,
रूह में उतर के मुहब्बत का पार पाना चाहता हूँ।

तेरी रानाईयाँ[9], बर्क़-ओ-जमाल[10] यूँ ही रौशन रहें,
हैरत-ए-जावेद[11] से आशना[12] इक फ़साना चाहता हूँ।

शायर-ओ-हसीनों की गुफ़्तगू का मुद्दा-ए-हैरत,
तेरी पाकीज़गी[13] को अर्श तक ले जाना चाहता हूँ।

तबस्सुम-ए-ज़ेर-ए-लब[14] से सुर्खरू[15] हो हर महफ़िल,
पैमाना-ए-लबरेज़[16] हो कर छलक जाना चाहता हूँ।

मैं इक खूबसूरत जहाँ का तसव्वुर[17] ले के चला हूँ,
मैं सारे जहाँ को मुहब्बत से भर जाना चाहता हूँ।

---

1. प्रेम की प्यास, 2. प्रिय मिलन, 3. बदले में, 4. प्रिय विछोह, 5. प्रिय मिलन की नजदीकी, 6. खूबसूरती का कुआंरापन, 7. शोभा, 8. आधा खिंचा हुआ, 9. सौंदर्य, 10. सुंदरता का तेज़, 11. शाश्वत आश्चर्य, 12. प्यार के लिए समर्पित, 13. पवित्रता, 14. धीरे से हंसना, 15. लाली से युक्त, 16. लबालब भरा हुआ पैमाना, 17. कल्पना

12. चलो सलाम कर दूँ

मेरे क़ातिल तू क़रीब आ, तेरी आजिज़ी[1] आसान कर दूँ,
तीर-ए-नजर से मर जाऊंगा, तेरी मिज़्गाँ[2] कमान कर दूँ।

मेरी आशिक़ी कबूल कर लो, तुम्हारा हुस्न कबूल कर लूँ,
तुम मेरा यह काम कर दो, मैं तुम्हारा वोह काम कर दूँ।

खाल-ओ-ख़त[3] का क्या है, यह कोई अज़र अमर तो नहीं,
तन-ओ-जाँ रहें न रहें पर रूह-ओ-मुहब्बत बे-कराँ[4] कर दूं।

कशमकश सी दिल में क्यों है, आ तेरा हौसला आफ़ज़ा[5] दूँ,
ख़रीदार हो, लीजिये तुम्हारी ख़ातिर मैं मुफ्त दाम कर दूँ।

सपुर्द कुनिंदा[6] हूँ, लीजिये नुमायाँ[7] कर दूँ आरजू दिल की,
तौफ़ीक़-ए-ईलाही[8] से मुहब्बत को औज-ए-ला-मकाँ[9] कर दूँ।

सुनते हैं जिन्दान-ए-जुल्फ[10] में, आशिक़ तड़प के रह गये,
मजाज़न[11] मैं भी ज़ीस्त की तुम्हारी ज़ुल्फ़ों में शाम कर दूँ।

शम'-ए-रुखसार[12] है, लफ़्ज़ों में सरगम, सांसो में रागिनी है,
तू है खुद-ब-खुद इक मयकदा, तेरे लबों को जाम कर दूँ।

इक बागबाँ के हुनर का इम्तिहान गुँचों के खिलने में है,
ज़ुल्फ़-ए-पेचाँ[13] गुल कर दूँ, सर-ए-ज़ुल्फ़ गुलफाम[14] कर दूँ।

उर्यानी-ए-तन[15] की कशिश कि माइल-ए-परवाज़[16] हैं हसरतें,
इक तबस्सुम[17] लाज़मी है, सब मुकम्मल अरमान कर दूँ।

शमाँ बुझने का वक्त आया, तख़लिया महफ़िल होने लगी,
मुलाक़ात का शुकराना कर दूँ, चलो दिल से सलाम कर दूँ।

---

1. विवशता, 2. पलकें, 3. शरीर, 4. बहुत ज्यादा, 5. हौसला बढ़ाना, 6. सौंपने वाला, 7. प्रकट करना, 8. ईश्वर की कृपा से मिला हौसला, 9. आकाश की चोटी, 10. जुल्फ की कैद, 11. लाक्षिणक अर्थों में, 12. चमकता हुआ चेहरा, 13. घुंघराले बाल, 14. फूल जैसा सुंदर, 15. तन की गर्मी, 16. उड़ने की तैयारी, 17. मुस्कान

13. चलता चला गया

जिन्दगी के कोरे कागज़ पर मैं लिखता चला गया,
जो मिला उसी का रंज-ओ-ग़म दिखता चला गया।

जिंदगी सदा खुशगवार नहीं, मिलते हैं ज़ख्म भी,
हर ज़ख्म वक़्त के साथ मगर भरता चला गया।

यह जीवन तो अनमोल है कीमत दे सकेगा कौन,
मगर इन्साँ कौड़ियों के भाव बिकता चला गया।

बड़े बड़े उपदेश यहां पर देते इक दूजे को लोग,
कोई किसी की माना नहीं बस सुनता चला गया।

कोई लफ्ज़ खिलते फूल जैसा सुना तो खिल उठे,
तल्ख हुआ तो खून-ए-ज़िगर रिसता चला गया।

कभी किसी की राह में बिखरा हूँ फूल बन कर,
मैं खुद भी रोज़-ब-रोज़ खिलता चला गया।

आप आज़मा के तो देखिये, तजुर्बे से कह रहा हूँ,
है बोया जो जिंदगी में वो ही मिलता चला गया।

वक्त ने इस कदर सिखाये हैं सबक कि आखिर,
बदलते ज़माने के साथ मैं भी बदलता चला गया।

जो कुछ मुझको हुआ तजुर्बा गुज़रे हुए सालों में,
मैं अपनी ग़ज़ल में वो सब लिखता चला गया।

मुझे मंजिलों की चुनौतियाँ बुलावे ही लगे सदा,
कदम थके, मैं शब-ओ-रोज़ चलता चला गया।

14. चिराग बन के जला करूँ

बता मैं तेरी खुशी की खातिर और क्या भला करूँ,
तेरी राह हो अन्धेरी तो मैं चराग बन के जला करूँ।

हो कभी ग़मगीन तू ऐसा न दिन हो न कोई रात हो,
गुज़रे जहां से तेरी खुशी का द्वार बन मैं खुला करूँ।

हर नाज़ मैं सिर आँखों पे हंस के उठा लूँ, यकीन कर,
बेशक आज़मा लो हमें कभी जो कुछ मैं बोला करूँ।

ये तेरी सादगी, ये सलीका तेरा सौ गुणों से कम नहीं,
उसपे हया की लालिमा तू बता मैं कैसे सम्भला करूँ।

मुझे और ही जहान की तुझे देखूं तो मिले खबर,
तू अज़ीम है मेरे लिए मैं मुरीद बन के मिला करूँ।

मेरा प्रेम है तरँग उसकी तेरा रूप अक्स उसी का है,
तुझे क्या ख़बर तेरे रूप में खुदा से ही मैं मिला करूँ।

इस जहाँ का यह सफर चल साथ-साथ हम तय करें,
तेरे संग-संग ठहरा करूँ, तेरे साथ ही मैं चला करूँ।

अल्फ़ाज़ हूँ मैं सलाम जैसा, मुहब्बत का ही पयाम हूँ,
तेरी सांस की सरगम बन मैं तेरी रूह में घुला करूँ।

नूर-ए-खुदा शर्म-ओ-हया के पर्दे में छुप कर ज़ाहिर है,
मुहब्बत नाम खुदाई है दुनिया को यह इतिला करूँ।

नेमत-सौगात-बख्शि़षें सब उसकी हैं मेहरबानियाँ,
जब्र-ए-वक़्त भी आन पड़े हो खता जो मैं गिला करूँ।

15. दस्तक दी न थी कभी

हसरत-ओ-दीवानगी की हालत ऐसी न थी कभी,
क़ज़रारी आँखों ने ऐसी तो शरारत की न थी कभी।

हसीनों की जुबाँ पे कुछ और दिल में और होता है,
इम्तियाज़-ए-हुस्न-ओ-इश्क़[1] हमने की न थी कभी।

मुहब्बत की दहलीज की तरफ कदम बढ़ने लगे हैं,
ये चन्दन सी भीनी खुशबू हमने जानी न थी कभी।

चांदी में बदल रही है जो पत्तों की पाजेब बुनी थी,
हकीकत बन रही है जो परियों की कहानी थी कभी।

वोह बात भी करें तो लगता जैसे फूल झर रहे हों,
किसी शायर की इबारत इतनी सुहानी न थी कभी।

लफ्ज़ो में शहद, नजरों में मय, होंठ कोई गुलाब,
ऐसी वाक़िय्यत[2] पेश-ए-हयात[3] आयी न थी कभी।

आशिक-माशूक़ के किस्से युग-ओ-युग बनते रहे,
दीदा-ज़ेब[4] अफ़्ज़ाइश-ए-हुस्न[5] देखी न थी कभी।

दस्तक भी न हुई कब आरज़ुओं के पंख निकले,
उभरती दीवानगी में कोई चाहत न थी कभी।

अंगड़ाईयों और सिहरनों के मराकिज़[6] कहाँ हैं,
यूँ गिर्दाब-शनासा[7] ये ज़ीस्त हुई न थी कभी।

यह धड़कनें हैं कि मानो कोई दस्तक दे रहा हो,
मौज़-ए-रवाँ[8] भी दर पे हमारे आयी न थी कभी।

---

1. हुस्न और इश्क में फर्क, 2. वास्तविकता, 3. ज़िन्दगी में, 4. आकर्षक, 5. बढती हुई सुंदरता, 6. केन्द्र, 7. भंवर से पहचान, 8. बहती हुई लहर

16. द्वार बंद क्यों है

उनके घर का द्वार आज बन्द क्यों है,
तीरगी[1] घनी क्यों है, लौ मन्द क्यों है।

हम मुन्तजिर[2] हैं दीदार-ए-शौक़ भी है,
वो पर्दानशीं यूँ तन्हाई-पसन्द क्यों है।

शाहिद-ए-जमाल[3] ब-नज़र होंगे तो सही,
हैरत-ए-जावेद[4] याँ वो नज़रबन्द क्यों है।

पसे चिलमन[5] रहें उनका हिजाब[6] है यह,
इधर दस्तंदाजी[7] से दिल रजामंद क्यों है।

रश्क़[8] क्यों, आशोब-ए-दहर[9] भी क्यों हो,
दर्द-ए-तन्हाई[10] का हमसे सम्बन्ध क्यों है।

न जाने क्यों आज हालात मुफ़ीद[11] नहीं हैं,
मिजाज़-ए-साक़ी अज़ीयत-ए-रिंद[12] क्यों है।

कोई भी मुसाफिर हम से आशना[13] नहीं,
शनासाई[14] का मंज़र इतना मन्द क्यों है।

गुरूब-ए-आफ़्ताब[15] की शफ़क़-ओ-नफासत[16],
इधर दिलकश इतना मुखारविंद[17] क्यों है।

मशविरा इतना मुफ़्त कि सब दे रहे हमें,
इंसान इतना भी आज अक्लमंद क्यों है।

अग़रचे मुअय्यन[18] है कि सुपर्द-ए-ख़ाक़ होंगे,
गुरुर-ए-परवाज़[19] फिर इतना बुलंद क्यों है।

1.अंधेरा, 2. इंतज़ार करने वाला, 3. सुंदर व्यक्ति, 4. आश्चर्य भरा, 5. तीलियों का बना हुआ पर्दा, 6. पर्दा, 7.हस्तक्षेप, 8. ईर्ष्या, 9. दंगा फ़साद, 10. अकेलेपन की पीड़ा, 11. सार्थक, हितकर, 12. शराबी के लिये यातना, 13. जान पहचान वाला, 14. परिचय, 15. सूर्यास्त, 16. ललिमा की कोमलता, 17. चेहरा, 18. निश्चित, 19. ऊंची उड़ान का अंहकार

17. फ़क़ीर बन कर

दिल में बिराज़माँ हो तुम एक तस्वीर बन कर,
काश तुम होते हाथ में भी इक लकीर बन कर।

तासीर-ए-मुहब्बत की याँ ज़िक्र-ए-ब्यानी क्या करूँ,
कभी है मरहम तो कभी चुभती है तीर बन कर।

मुहब्बत की दुनिया में भी कुछ अनोखी मिसाल हैं,
सुनते हैं कोई रांझा था फिरता फ़क़ीर बन कर।

तेरी रानाईयों[1] के सिर्फ हम ही सुखनवर[2] नहीं हैं,
रक़ीबों[3] में भी होते हैं तेरे चर्चे नज़ीर[4] बन कर।

उक़ूबत-ओ-उफ़्ताद[5] सी है यह इश्क की दुनिया,
हर जवाँ दिल को जकड़े हुए है जंजीर बन कर।

इश्क को आग का दरिया कहते हैं दानिशमंद[6],
कोई हमसफर मिलता मेरी तदबीर[7] बन कर।

इश्कजादों की जाँनिसारी कि इश्क़ में ख़ाक हुये,
जिंदा हैं शायरों की महफ़िल में तहरीर[8] बन कर।

किसी के होंठों का गीत बनना हरगिज़ नहीं आसाँ,
याँ कीजियेगा खुद तजुर्बा किसी की हीर बन कर।

यह इश्क नहीं आसान, यह सहज आशिकी नाहीं,
भटके हैं कई सहराओं[9] में जोगी-ओ-पीर बन कर।

आये हैं दुनिया में तो कायम कोई मिसाल करें,
जीये तो क्या जीये यूँ लकीर के फ़कीर बन कर।

---

1. सौंदर्य, 2. कहने वाले, 3. दुश्मन, 4. उदाहरण, 5. तकलीफ़देह यातनायें, 6. समझदार, 7. प्रबंध, 8. लिखावट, 9. रेगिस्तान

18. गैबी रक्स है

इन आंखों में जो उतरा है वो सिर्फ उस का अक्स है,
शब-ओ-रोज़ जो चल रहा, उसी का ग़ैबी रक्स[1] है।

उसी से बदन की डाली हरी और ग़ैरत-ए-गुलज़ार[2] है,
उसी से सहरा की वीरानियाँ और हुस्न-ए-सब्ज[3] है।

नाज़-ओ-अंदाज, यह शफ़्फ़ाफ़[4] नकाबपोशी उसकी,
ताबिंदगी-ए-हुस्न[5], नूर-ओ-जन्नत जावेदाँ[6] नक्श है।

उसकी तहनियत[7] कि दिल क़ज़्ज़ाकों[8] से बच गया,
यगाना-सिफ़त[9]-ओ-मुनफ़रिद[10], अज़ीम शख्स है।

हाथ उठते हैं दुआ में, आंख झुकती है जिसके आगे,
वो लामकाँ ख़ैर-ख्वाह मेरा हर हाल में सरपरस्त है।

गमख़्वार यहाँ कौन होता, यहाँ कौन चारासाज़ होता,
ताल्लुका-तअल्लुक[11] नया, ज़मीं नयी, नया अर्श है।

मर्कज़ ये कि हलाकत-ख़ेज़[12] है ज़िन्दगी का सफ़र,
हुआ वोह भी ग़र्क़-ए-दरिया जो तैराक सिद्धहस्त है।

अंदुह-ए-हिज्राँ[13] ये सोज़िश-ए-निहाँ[14] किस से कहें हम,
उसका इल्हाम ही दर्द-ए- ज़िगर का मरहमी लफ़्ज़ है।

वाहिद-ए-हक़ीकी[15] तेरी अजमत को हजार सजदे मेरे,
तहत-ए-इम्कान[16] तुझसे कि चलती सांस-ओ-नब्ज़ है।

यह फ़िक़रे, यह लफ़्ज़ जुबाँ पे अटक से जाते हैं अब,
देखा कि पिनहां[17] हर माजरे[18] में कोई ग़ैबी रमज़[19] है।

1.नृत्य , 2.बगीचे की शान, 3.सांवली सुंदरता, 4.पारदर्शी, 5.सौन्दर्य की चमक, 6.शाश्वत, 7.शुभकामनाएं, 8. लुटेरे, 9. आत्मीय, 10. अद्वितीय, 11.जगह और सम्बन्ध, 12. प्राणघातक, 13. जुदाई का दर्द, 14.छुपी हुई दर्द, 15.अखण्ड सत्ता,16.सम्भव होने की सूरत, 17.निहित, छुपी हुई, 18. घटना, 19. ईश्वरीय संकेत

19. ग़ज़ल गुनगुनाते हुये

मेरे पास से गुजरे आज मेरी ग़ज़ल गुनगुनाते हुये,
नज़र मिली तो ठहर गये फिर चल दिये शर्माते हुए।

निभाते हैं हम भी पर्दादारी किसी कसम के सदके,
करते हैं वो भी शर्म-ओ-हया कोई राज़ छुपाते हुये।

अदाओं-रानाइयों का जिक्र तो मुमकिन है लफ़्ज़ों में,
हवास खो जायें जो देखें दांतो तले होंठ दबाते हुए।

हों पास तो वक़्त के साथ हर शय थम सी जाती है,
हों दूर तो लगते महीनों इक दिन भी गुजरते हुये।

गुजरना उनका इधर से जैसे कि बादे-सबा हो कोई,
महक जाता है सारा आलम जब निकलें इतराते हुये।

इठलाते हैं ग़ज़ल बन कर और दिलाते हैं याद उनकी,
ये चांदनी रात के सुरमयी साये फिजा मे लहराते हुये।

रखते हैं सीने में हम भी उनकी तमन्ना से भरा दिल,
पर छुपा लेते हैं शौक़ अपना हाल-ए-दिल सुनाते हुये।

शामिल है मेरी मुहब्बत भी इन गजल के मिसरों में,
होगा उन्हीं का ज़िक्र ये ग़ज़ल किसी को सुनाते हुये।

रहते हैं मौजूद वो मेरी दुआओं में पाकीज़गी बनकर,
झुकता है सर अदब से उनके शहर से गुज़रते हुये।

तसलीम कि रहते हैं सदा साथ मेरी तन्हाई में वो,
होती है मुलाकात ख्वाब-ओ-ख्याल में आते-जाते हुये।

जान ही जाएंगे राज़-ए-दिल जब सुनेंगे मेरी ग़ज़ल,
गुज़रेंगे फिर इधर से वो मेरी ग़ज़ल गुनगुनाते हुए।

20. गीत बन कर

वफ़ा-शनासों[1] के किस्से मशहूर हैं, देहाती लोक गीत बन कर,
ज़िक्र-ए-जमील[2] भी जुबाँ पे आता है, मधुर संगीत बन कर।

देखिये नीले आसमाँ को गुफ़तगू कीजिये शम्स-ओ-कमर[3] से,
सुर मिलाओ थिरकती हवाओं से कोई राग या गीत बन कर।

बन के दीप जलो, राह अंधेरी है अग़र तो रौशन करते चलो,
छोड़िये न हाथ अगरचे थाम लिया किसी के मीत बन कर।

बन के प्रेम झूल जाओ किसी के गले की बरमाला बन कर,
फूल हो, टूट के भी हार बनो, झूमो किसी की जीत बन कर।

मिटो तो यूं मिटो कि याद में लगें कहीं पर हर बरस मेले,
बस जाओ जनमानस के हृदय में कोई रिवाज-रीत बन कर।

भरोगे नफरत से तो धिक्कारे जाओगे गुजरोगे जिस गली से,
जो बनोगे प्रेम तो रूप इंसानियत का दिखेगा प्रीत बन कर।

राहों में किसी के फूल बन के बिखरो, न कि रोड़ा-रुकावट,
मज़लूम का सहारा बनो, रहो न खोखली नसीहत बन कर।

टूट चुका हो हौसला, घिर चुका हो अंधेरा अगर ज़िन्दगी में,
बनो रौशनी की किरण, उत्साह, आशा की नीयत बन कर।

उम्र की सीमा है, तन-मन भी जर्जर हो के मिटेगा किसी रोज़,
रह जायेंगे अच्छे कर्म अपने, चलेंगे साथ मिल्कियत बन कर।

कुछ रचिये प्रेमिल सी शायरी, कुछ लिखिये गज़ल-गीत कोई,
कर दे अमर आवाज से फिर कोई गायक जगजीत बन कर।

---

1. प्रेमी, 2. गुणों का बखान, 3. सूरज और चांद

21. गुनहगार

हर कोई यहाँ कहता है कि वक़्त के सताये हुये हैं,
मानो ज़मीं पे फ़क़त ज़लील होने को आये हुये हैं।

कई गुनहगार याँ तौबा किये और आबिद हो गये,
कई ख़ताबार सरकशी छोड़ सर को झुकाये हुये हैं।

नजरिया कभी औकात के रू-बा-रू आ जाता है,
औकात देखिये नजरिये से खुद को बचाये हुये है।

अमानत से ख़यानत यह बात हज़म हो तो कैसे,
पर क्या करें यहाँ लोग रँगीं चश्मा चढ़ाये हुये हैं।

कुछ दान दे कर गर्व से पत्थर पर खुदवाते नाम,
मुर्गी की तरह एक अंडा दे कर शोर मचाये हुये हैं।

बुलंदियाँ, कामयाबियाँ मिली हैं तो इतरायें क्या,
इक डोर से बंधे हैं पतंग जो आसमाँ पे छाये हुये हैं।

उम्र के इस दौर में बता हम किस बात पे चर्चा करें,
तजुर्बों की भरकम गठडियाँ याँ सभी उठाये हुये हैं।

अपने गुनाहों की पोटली भी टटोला करें कभी,
शेखी तो दोगुनी है उनकी जो गंगा नहाये हुये हैं।

गुनहगार तो नहीं मग़र कुछ हिले हुए इंसान हैं,
खुद सवार हैं अपनी गठड़ी सर पे उठाये हुये हैं।

उधार लीजिये घी पीजिये जो जी में आये कीजिये,
हम कौन से हमेशा यहाँ पे रहने को आये हुये हैं।

22. हमकदम

मेरा हमकदम मेरा हमनवा आज भी हमख्याल है,
दूर हो के भी पास-पास है, यही तो उसका कमाल है।

चिराग बन के जले यूं, उन की नजर का दीया रहे,
बुझ न जाऊं वो आँचल से यूं हिफाजत किया करे।

जो मिला खुदा का शुक्र है, शिकवा करें वो हम नहीं,
जो उम्र जिया तेरे साथ मैं, ताउम्र से वो कम नहीं।

वहां प्यार बेशुमार था जो उसकी आंख में दिखता रहा,
वोह गज़ब का अजनबी था, अज़ीज़ बन के मिलता रहा।

लाचारी-ओ-बेबसी देखिये, बेवफ़ा का लांछन सहना पड़ा,
मैं कोई नहीं उसके लिए जब जिक्र उठा तो कहना पड़ा।

दर्द-ओ-ग़म के पलों को क्यों ढोता फिरूँ, अच्छा नहीं,
बीते दिनों के ज़ख्म को 'ग़र ताज़ा करूँ, अच्छा नहीं।

शिकवा तो हरगिज न करूं, मुहब्बत बेआबरू न हो,
अरमानों पे भी जब्त रखूं, कि किस्सा नया शुरू न हो।

सर आज भी उठता है ऊंचा फख्र और अभिमान से,
उसकी भला मिसाल क्या, वोह जुदा हैं दो जहान से।

कभी खिजाँ, कभी शाख पर कलियां खिलखिलाई हैं,
लौटा बसन्त भँवरे ने फिर से मधुर रागिनी गायी है।

वो चाँद ही है जिसे खुशी से अमावस भी स्वीकार है,
मेरे हमकदम का नाम भी ऐसे चाँद में ही शुमार है।

23. हमसे बिना मिले

तू बेवफ़ा नहीं और बेरुखी की बजह न मिले,
खुदा करे इस गुनाह की तुझे सजा न मिले।

रहे महफूज[1] तू जमाने की बदनिगाही से सदा,
खुदा करे कि तुझे हर कदम पर हिफ़ाज़त मिले।

यूँ तो माहिर हैं कि छुपा लें बेरुखी की ख़लिश[2],
होने लगती है ज़ाहिर मगर जब-जब शाम ढले।

खुद ही पूछ लेते हैं अपना हाल हम आजकल,
क्या है कि इन दिनों उन्हें कुछ फुरसत कम मिले।

रस्म-ए-पर्दादारी भी निभायी है वादे के मुताबिक,
रहे हैं बेशक तन्हा मगर हमें इसी में खुशी मिले।

निकलते हैं हर रोज यह ख्याल-ओ-उम्मीद लेकर,
न जाने किस राह पर किस मोड़ पर वोह मिले।

हुई मुद्दत रहा हूँ यूँ ही पशेमाँ[3] मगर क्या कीजै,
कहते कि मुकद्दर से कभी कम-ज्यादा न मिले।

मसीहा तो नही हम हुई हम से भी खतायें अक्सर,
तभी तो चुभे नश्तर, जमाने से तंज-ओ-रंज मिले।

चलो यह वसीयत हम आज तेरे नाम करते चलें,
मेरे जाने के बाद ये ग़ज़ल की विरासत तुझे मिले।

मसाफ़त-ए-ज़ीस्त[4] मुक्कमल कर जाएँगे किसी रोज़,
फिर न कहना किधर गए यूँ हमसे बिना मिले।

---

1. सुरक्षित, 2. कसक, 3. शर्मिंदा, 4. जिन्दगी का सफर

24. हस्ती ए हयात

तिश्ना-लबी[1] मिटा सके अश्क-ओ-अब्र[2] नहीं,
आगोश-ए-दरिया[3] मिले अब और सब्र नहीं।

महबूब ही शनासाई[4] से अगर मुकर गया,
निकल यहां से खुद को बेग़ैरत[5] कर नहीं।

अपनी ही जुबाँ से वो हमें ग़ैर कह रहे हैं,
ऐ मौत आ कि याँ अब अपनी कदर नहीं।

दोज़ख[6] की आग हैं हिकारत[7] भरी निगाहें,
चल कहीं और चल, याँ पल भर ठहर नहीं।

ला पिला दे ज़हर, अपने हाथों कर विदा,
तुझे माफ़ कर दिया, तू सज़ा से डर नहीं।

असीर-ए-सफ़ीना[8] तू समंदर की हद में रह,
ग़ैर हैं सब बस्तियां, तेरा कुछ इधर नहीं।

यह मौजा बेचिराग़[9] ही अब अपनी सकूनत[10],
न तस्दीकशुदा मुकाम[11], शम्स-ओ-क़मर[12] नहीं।

फाकामस्त, खानाबदोश या कुछ कोई कहे,
तल्ख कलामी[13] का हम पे कोई असर नहीं।

अफ़क-सराब[14] जैसे जहाँ के कायदे बेबूझ हैं,
समझ में आया हमें अहवाल-ए-बशर[15] नहीं।

बरसों से जिस्म रूह का बुतखाना बना हुआ,
हस्ती-ए-हयात[16] क्या है, हमें कुछ खबर नहीं।

---

1. होंठों की प्यास 2. आंसू और बादल, 3. दरिया की बाहें, 4. पहचानना, 5. शर्मिंदा, 6. नर्क, 7. घृणा, 8. नाव का कैदी, 9. वह गावं जहां रौशनी नहीं है, 10. निवास स्थान, 11. सत्यापित रिहायश, 12. सूजर-चाँद, 13. कड़वे शबद, 14. क्षितिज-मरीचिका, 15. इन्सान का हवाला/वर्णन 16. जीवन का अस्तित्व

25. हीर देखनी है

दो घड़ी तो पास बैठो मुहब्बत की तस्वीर देखनी है,
खुदा को देखा नहीं कभी पर उसकी नज़ीर[1] देखनी है।

कहते हैं जंग-औ-मुहब्बत में सब जायज़ होता मग़र,
हमें तो सिर्फ़ सक़ाफ़त[2] की पाकीज़ा[3] तहरीर[4] देखनी है।

जरा हाथ तो दीजिये मेरे हाथों में तसल्ली की ख़ातिर,
जहाँ उकेरा है खुदा ने नाम मेरा वोह लकीर देखनी है।

मैं छू भी लूँ मग़र फिर भी तेरी इजाज़त के बिना नहीं,
रूह की पाकीज़गी के सदक़े, अपनी ज़मीर[5] देखनी है।

गेसुओं को बिखर जाने दो चेहरे पर बादलों की तरह,
चाँदनी रात में ढँके चाँद की लब-ए-तक़रीर[6] देखनी है।

सुना है हसीनों में अज़ब क़ातिलाना अंदाज होते हैं,
तुम्हारी सादगी में हम ने वो छुपी शमशीर[7] देखनी है।

खुदा के घर से बनके आया जो रिश्ता रूह का तुम से है,
उसके हाथ से जो मेरे नाम लिखी वो जागीर देखनी है।

ये कशिश और ये प्यास कैसी, जो बुझी मग़र बुझी नहीं,
तेरी ओर मुझे जो खींचती वो पोशीदा[8] जँजीर देखनी है।

हया को छोड़ किसी किताब के पन्ने के जैसे खुल जाओ,
मुहब्बत की रम्ज़-ओ-ख़सूसियत[9] बेबूझ ताबीर[10] देखनी है।

माहीवाल, मजनूं, रांझा हैं इस मुहब्बत ने पैदा किये,
मेरी सोहणी और लैला हो तुम, तुम्हीं में हीर देखनी है।

---

1. उदाहरण, 2. शिष्टाचार, 3. पवित्र, 4. लिखावट, 5. अंतरात्मा, 6. बात करते होंठ, 7. तलवार, 8. अदृश्य, 9. गुप्त विशेषता, 10. व्याख्या

26. इकरार-ए-मिलन

वोह कायम एक अपनी मिसाल कर गए,
हाल कभी पूछे नही और बेहाल कर गए।

यह मायूसियां छाई हुईं हैं तो क्या कीजै,
वो खुश रहें जो अपना यह हाल कर गये।

क्या है कि इंतजार की आदत सी हो गयी,
हम ढूंढते फिरते हैं वो न जाने किधर गए।

नज़रों में बेशुमार निशानियां रखते हैं हम,
वोह न मिटीं कई मंज़र आये, गुज़र गए।

वादाखिलाफी अपनी कि पर्दा न रख सके,
तसव्वुर बन कलम से कागज़ पे उतर गए।

यह फकीराना अंदाज़ उन्हीं का दिया हुआ,
वो घरबार वाले हुए हमें बेघर कर गए।

भले बेवफाई को मजबूरी का नाम दे दो,
मुद्दा तो ये शायद हम दिल से उतर गए।

दुआओं में तुम्हें सदा हम करते रहेंगे याद,
हमारे लिए वो काफी है जो तुम कर गये।

तू भुला दे हमें मगर कभी बददुआ न दे,
वैसे भी हम बुरी तरह टूटे-ओ-बिखर गये।

इकरार था कि मिलने आयेंगे किसी रोज़,
बशर्ते उस से पहले कहीं हम न मर गए।

27. इल्ज़ाम लगेगा हम पे

निग़ाहों के खण्ज़र आज सर-ए-आम चलेंगे हम पे,
कत्ल तो वो करेंगे और इल्ज़ाम लगेंगे हम पे।

राहें तो और भी हैं मग़र गुज़रते वो इस गली से,
यकीनन ज़ुल्म-ए-सरीह[1] वो आज करेंगे हम पे।

अदम-ए-इतमाम[2] हो उनका यह सफ़र इधर से,
शायद वो मीना-बदोश[3] ये करम करेंगे हम पे।

मुदाख़लत[4] ग़ैर-इरादतन हो भी सकती है हम से,
इल्जाम-तराशी[5] यकीनन उम्रकैद की करेंगे हम पे।

मुंसिफ़-ए-दौराँ[6] से हम को बना के रखनी होगी,
वो सजा भी दे तो थोड़ा रहम करेंगे हम पे।

ज़ंजीर-ए-ज़िंदाँन[7] हैं या ज़ुल्फ़-ओ-ख़म[8] हैं उनके,
ज़ुल्मतें जहाँ-ताब[9] और कितनी आज़मायेंगे हम पे।

ताब-ए-नज़ारा[10] अता किया है ऐ ख़ुदा तुम्ही नें,
वो मरजा'-ख़लाइक़[11] हैं, कहाँ मोहताज़[12] रहेंगे हम पे।

रोज़-ए-रौशन[13] है माहताब[14] रौनक अफ़रोज़[15] हैं आज,
देखेंगे जारी कौन सा नया फ़रमान करेंगे हम पे।

निग़ाह तो क़ातिल और अदा भी ज़ालिम है यकसाँ,
वो यकीनन बन के बिजली आज गिरेंगे हम पे।

बाला-ए-ताक़[16] सहना नहीं दिल के लिये आसान,
ख़ुदा ख़ैर करे यह कैसे दिन आन पड़ेंगे हम पे।

---

1. खुली ज्यादती, 2. कभी खत्म न होने वाला, 3. शराब परोसने वाली, 4. दखल देना, 5. आरोप लगना, 6. वर्तमान न्यायाधीश, 7. कैदी की बेड़ी, 8. बालों के बल, 9. प्रेमिका, 10. आँख के देखने की सामर्थ्य, 11. सबके लिये केन्द्र बिन्दु, 12. तरसते रहना, 13. साफ मौसम, 14. चाँद, 15. मौजूद होना, 16. देख कर भी न देखना

28. इशारा तो करते तुम

जिंदगी में अपनी हमें शामिल तो करते तुम,
काश हमें भी अपने काबिल तो समझते तुम।

यूँ ही गुज़र गयी हमारी अंधेरों में यह जिंदगी,
हम भटके कहीं न होते उजाला जो करते तुम।

लबों की थिरकन से भी लफ़्ज़ों को समझ लेते,
नाम लिये बिना भी अग़र पुकारा जो करते तुम।

गुजरते हुए बग़ल से यूँ ही तुम भी कभी कभी,
ज़ालिम सी कोई शरारत दोबारा तो करते तुम।

अब्र-ए-हसरत-ए-दीदार नयनों से बरस पड़ा,
काश कि इस गली से दोबारा तो गुज़रते तुम।

उफनते हुये गिरदाब में हम चुपचाप उतर जाते,
अग़र भूल कर भी हमसे किनारा जो करते तुम।

मेरे लबों की सिसकियां भी हंसतीं-मुस्करातीं,
अग़र अपने लबों से छू के सँवारा जो करते तुम।

वो चंचल नयनों की तुम्हारी हरकतें भी याद हैं,
नकल कोई मज़ाक की उतारा जो करते तुम।

ज़िक्र तुम्हारा फिर से हमारी जुबाँ पे आ गया,
काश ज़िक्र हमारा अपनी जुबाँ से तो करते तुम।

यह मुहब्बतों की शायरी, ये किरदार कहानियों के,
हकीकत हुये होते बस ईशारा तो करते तुम।

29. जाये न कहीं

वोह ले कर दिल मेरा मुकर जाये न कहीं,
डर ये भी वो दिल से उतर जाये न कहीं।

प्यास मिलन की हद से गुज़र जायेगी आज,
डर यह भी कि सामने वो आ जाये न कहीं।

हम किस कदर जाँ निसार करते हैं उनपे,
डर ये है कोई और उनपे मर जाये न कहीं।

मेरा हुनर-ए-तैराकी दरिया-ए-इश्क में देखो,
डर है वो इश्क-ए-गहराई से घबराये न कहीं।

यूँ तो इश्क-ओ-मुहब्बत में बे-मिसाल हैं हम,
डर यह है कि वोह हमको आजमाये न कहीं।

आरजू है उसे चाँद-तारों में घुमा कर लाऊँ,
डर है कि आधे सफर में थक जाये न कहीं।

सुना है इश्क-ओ-खुशबू छुपाने से नहीं छुपते,
डर है राज़-ए-इश्क ज़ाहिर हो जाये न कहीं।

कदम बहकते हैं उनके ख़्वाब-ओ-ख़्यालों से,
डर है हाल उनका भी ऐसा हो जाये न कहीं।

हम हैं कि कसीदे बुनते हैं उनकी रानाईयों के,
डर है वो शर्म-ओ-हया से मर जाये न कहीं।

दिल-ए-नादान बता दे अभी तुझे हुआ क्या है,
डर है तेरे डरने से वो भी डर जाये न कहीं।

30. ज़मीर के पास आया

चहल कदमी करते हुए आज ज़मीर[1] के पास आया,
अपने ही घर मैंने खुद को आज पहली बार पाया।

बढ़ता है रुतवा तो छोड़ देते हैं पहचान अपनों की,
व़क्त-ए-अजल[2] याद रहे, छूट जायेगा यहीं सरमाया[3]।

कड़वाहट ऐसी भी क्या जो दरम्याँ रिश्तों के ठहर जाये,
बढ़ा दो हाथ मुहब्बत का अग़र दूसरा क़रीब नहीं आया।

ज़मीर से मश्विरा, खुद से मिलना जिसका हुआ नहीं,
वक़्त-ए-आख़िर में अकसर वोह शख्स है पछताया।

तवज्जो की खातिर खोखली शख्सियत का क्या कीजै,
हीरा चिल्लाता नहीं, आया तो सहज ही नज़र आया।

अपने धर्म में जीना-मरना है क़ाबिल-ए-सताइश[4],
लाख करे तरकीब कौआ कभी हंस नहीं बन पाया।

सब सयानों की एक ही मत है दूर के ढोल सुहाने,
हकीकत और निकलती है जब मसला रू-बा-रू आया।

चर्चा करें सितारों की पर अभी ज़मीं के वाकिफ नहीं,
किस काम का वो इल्म जो खुद के काम न आया।

कदर कीजिये सब की सब मे उसी का रूप समाया,
किसी जीव को पीड़ा दे कर कहिये तो क्या पाया।

शुक्रिया, एहतराम[5] करुँ मैं खुशामदीन सौ बार करूँ,
वक्त रहते वक्त मिला, मैं अपनी ज़मीर के पास आया।

---

1. अन्तःकरण, 2. मृत्यु का समय, 3. सम्पत्ति, 4. प्रशंसनीय, 5. स्वागत

31. ज़हन में रहे तो अच्छा

पोशीदा ख्वाब[1], राज़-ओ-अल्फ़ाज़[2] मुनज़्जम[3] रहे तो अच्छा,
मस्लहत-शनास[4] कि दिल की बात दिल में रहे तो अच्छा।

सिलसिला-ए-मस्लहत[5] रवानगी-ए-ज़ीस्त[6] में मसलसल[7] चला,
हयात-ए-मुख़्तसर[8] में अब ख़ैर-ओ-आफ़ियत[9] रहे तो अच्छा।

ताकीद-ओ-इसरार[10] करते हैं मुझसे तन्हाई में ख़्यालात मेरे,
बहुत हुआ अब ज़ख्म-ए-उमुक[11] सब मुंदमिल[12] रहे तो अच्छा।

हुई मुद्दत कि इन्सान की तिफ़लगी[13] बालिग़[14] न हो सकी,
यह दुनिया अज़्लम-ए-कम्बख्ती[15] से महफ़ूज़[16] रहे तो अच्छा।

सुबह-ए-अज़ल[17], ये रंग-ए-धनक[18], शफ़क[19], सराब[20], अफ़क़[21],
शाम-ए-वसल[22] का नग़मा यूँ ही उम्र-ए-रवाँ[23] रहे तो अच्छा।

ब-नाम-ए-आदम-ओ-हव्वा[24] पे बदगुमानी[25] का लाँछन है आज,
ये आदम की ज़ात अब भी अगर सुधर के रहे तो अच्छा।

हवा से मिल के साजिश-ओ-अज़ीयत[26] जारी है तलातुम[27] की,
दो तिहाई ज़मीं पे काबिज़[28] वो अपनी हद में रहे तो अच्छा।

हुस्न-ओ-इश्क के मख़मूर-ए-मसर्रत[29] में लुत्फ़-अंदोज़[30] हैं सब,
मग़र गाहे-बगाहे[31] ख्याल-ए-रुख़सत[32] हाफ़िज़[33] रहे तो अच्छा।

है मुमकिन कि जश्न-ए-फ़रोज़ाँ[34] में भूलो औक़ात-ओ-हैसियत[35],
मरजा-ए-अग़्यार[36] से बाबस्तगी[37] भी अग़र होती रहे तो अच्छा।

है पुर-ख़ता[38] कि लामकाँ[39] की क़ायनात[40] से हों पेश-ए-हिक़ारत[41],
मौजूदा है उसका नूर सभी में, यह ज़हन[42] में रहे तो अच्छा।

---

1. गुप्त सपने, 2. रहस्यपूर्ण शब्द, 3. सुनियोजित, 4. बुद्धिमानीपूर्ण बात, 5. भलाई का क्रम, 6. ज़िन्दगी भर, 7. निरंतर, 8. छोटी सी ज़िन्दगी, 9. कुशल-मंगल, 10. तीव्र आग्रह, 11. गहरा जख्म, 12. भर चुका घाव, 13. बचपना, 14. व्यस्क, 15. अभागे अत्याचार, 16. सुरक्षित, 17. प्राचीनकाल जब से सुबह की रचना हुई, 18. इंद्रधनुष का रंग, 19. सूर्यास्त या सूर्योदय की लालिमा, 20. मरीचिका, 21. क्षितिज़ 22. संध्या-मिलन का गीत, 23.उम्र भर चलता रहे, 24. आदम और हव्वा के नाम पर 25. बुरी धारणा, 26.यातनाकारक षड़यन्त्र, 27.तुफानी समुद्र, 28. कब्जा करने वाला, 29. नशे में चूर व्यक्ति की खुशी, 30. आनंद में डूबे हुये, 31. कभी-कभी, 32. विदा होने के ख्याल, 33. याद, 34. उत्सव की चमक, 35. पद और शक्ति, 36.अन्जान लोगों का समूह, 37. मिलना जुलना, 38. अत्यंत अपराध, 39. जिसका कोई मकान नहीं, 40. सृष्टि, 41. घृणा से पेश आना, 42. मन

32. ज़िन्दगी का सफ़र

मुट्ठी से रेत की तरह फिसलता जा रहा हूँ,
मैं अपने ही हाथ से निकलता जा रहा हूँ।

रोज तय करता हूँ फासले जिंदगी-मौत के,
रोज वही काम मसलसल करता जा रहा हूँ।

हज़ार ख्वाहिशें हैं, लुभावने मंज़र भी हैं,
मगर मैं अपने रास्ते गुज़रता जा रहा हूँ।

ये ज़िन्दगी किसी पाश में बंधी हुई सी है,
इस पाश को तार-तार करता जा रहा हूँ।

अँधेरे में अपना भी साया साथ नहीं होता,
तू कौन है बता दे कब से पूछता जा रहा हूँ।

न जाने इस डगर से फिर गुजरना हो न हो,
इसलिये सबको सलाम करता जा रहा हूँ।

कुछ फरिश्ते हैं मेरी महफ़िल सजाये हुये,
लफ़्ज़-ए-इल्हाम उनसे सुनता जा रहा हूँ।

ऐ मौत तू रुक तुझे आने की जरूरत नहीं,
तेरी ओर मैं खुद ही रोज चलता जा रहा हूँ।

आती-जाती श्वास में भी छुपा है राज कोई,
हर श्वास पर तीखी नजर रखता जा रहा हूँ।

मिले जो सफ़र-ए-ज़िन्दगी में उन्हें तस्लीम,
जो नहीं मिले उन्हें आदाब करता जा रहा हूँ।

33. काफ़िला

जो तेरे लिए ठहरा रहा वो वक्त सफ़र में बदल गया,
देख काफ़िला आखिर आज तेरे शहर से निकल गया।

जो कशिश हमारे थी दरम्याँ वो रही नहीं तो गयी कहाँ,
कुरबत[1] अब मयस्सर[2] नहीं, सब फासलों में बदल गया।

कसक तो दिल में सदा उठेगी, ख्याल सदा आता रहेगा,
काश आज वो साथ होता जो सफर में था यूँ मिल गया।

सफर ही मेरा नसीब था उसे क्या खबर मेरा क्या बना,
हम सब से जुदा होते गये वो समझे मुकाम मिल गया।

अरसा दराज़ से गुमशुदा, मेरी कहाँ किसी को तलाश थी,
रहे गर्दिशों में घिरे मगर उसे भूले हों ऐसा न पल गया।

सलीका-ओ-सज़दा भूले नहीं हम हरगिज़ और हर हाल में,
खुद-ब-खुद सर झुक गया जहाँ अक्स उसका मिल गया।

हैं ऐसे भी लोग दुनिया में जिन्हें बद दुआ लगती नहीं,
देखा हमें तो यकायक उनकी जुबाँ से लफ़्ज़ निकल गया।

कल मयकदे में यार पुराना कुछ बहक गया तो कह गया,
मुझे देख ले मुझे क्या मिला अच्छा रहा तू सम्भल गया।

यह अंजाम कौन समझेगा ज़ुबाँ के पास वो कुव्वत नहीं,
परवाना जानता है क्यों वो शमाँ से लिपट के जल गया।

तकमील[3] हुआ मसलसल[4] खानाबदोशी का आज सिलसिला,
मिलता है सबको आखरी वो धाम हमें भी मिल गया।

हुई दर्द-ए-दिल की इंतहा सफर भी अपना खत्म हुआ,
देख काफ़िला आखिर आज तेरे जहाँ से निकल गया।

---

1. सामीप्य, 2. उपलब्ध, 3. सम्पूर्ण, 4. निरंतर

34. कई आये गुज़र गये

आये, कोई रोज़ बज़्म-ए-इम्काँ[1] में क़याम[2] कर गये,
इंतिहा-ए-'आलम[3] तक का इकट्ठा सामान कर गये।

वल्लाह, ये फ़ितरत-ए-सानिया[4] कि हम हैराँ रह गये,
महफ़िल-ए-नशात[5] में गुज़री ओ' खाली मकाँ कर गये।

तिज़ारती दुनिया में देखिये, सौदा-ए-अचरज़ है यह,
सामान तो छोड़ गये याँ, मगर अदा दाम कर गये।

ख़ालिक़-ए-मुसव्विर[6] के तारीखी किरदार की नवाज़ी हुई,
कदम-ए-साहिब-ए-दानिश[7] याँ-कूँ[8] बहार-ए-बेख़िज़ाँ[9] कर गये।

बहुत करीब से देखी है हमने, ये तख़्लीक़-ए-'आलम[10] बरसों,
हज़्म-ओ-एहतियात[11] से हम तहज़ीब-ए-जदीद[12] से गुज़र गये।

मक़सद-ओ-मुद्दा पूछने वाला क्या इस्तकबाल[13] करेगा,
अपन भी ग़रज़-ओ-ग़ायत[14] से गये तो क्योंकर गये।

दौर-ए-हालात दिल-ए-बिरयाँ[15] हैं या दिल-ए-गुदाख़्ता[16]
खुले है भेद तरीक़-ए-कार,[17] या मिक़दारी-हरकत[18] कर गये।

कुंद-नज़र[19] नहीं मौजूं[20], रौशन-नज़र[21] लाज़मी है साहिब,
पाण्डव पांच भी जीते, और कौरव सौ भी मर गये।

आयेंगे याद हम जो उतरेगी अफ़्सुर्दा-दिली[22] भी उन पर,
मिलेगी खबर उन्हें कि वो फ़ुर्कत-नसीब[23] कब के मर गये।

ख़ाकसार हूँ, ख़ुद-नुमाई[24], सना-ख़्वानी[25] करूँ, तौबा-तौबा,
सराय में ठहरा राहग़ीर हूँ मैं, याँ कई आये, गुज़र गये।

---

1. प्राणियों और सम्भावनाओं की दुनिया, 2. ठिकाना, 3. दुनिया का अंत, 4. जुनून, आदत जो व्यक्तित्व बदल दे, 5. खुशियाँ भरी महफ़िल, 6. चित्रकार जैसे सृष्टि के रचयिता, 7. महाज्ञानी के कदम, 8. इस जगह को, 9. बहार को स्थायी बनाना, 10. संसार की रचना, 11. सावधानी और दूरदर्शिता, 12.नया दौर/नई सभ्यता, 13.स्वागत, 14.मतलब, 15.जला हुआ दिल, 16. शांत नाज़ुक दिल, 17. कार्य करने के ढंग से, 18. वह हरकत जो मापी जा सके, 19. धुंधली नज़र, 20. उचित, 21. तेज़ नज़र, 22. दिल का बुझा होना, 23. जिसके भाग्य में विछोह लिखा हो, 24. आत्म-प्रदर्शन, 25. स्तुतिगान

35. कहां रहे हम यार के

थे मुन्तजिर[1] बड़े वक्त से, थे मुतमन्नी[2] बहुत दीदार के,
उतरेंगे जमीं पर कहकशां[3] से कभी फरिश्ते मेरे प्यार के।

यह मुसाफिरों के डेरे और यह साहिल से बंधी कश्तियां,
हमको भी ले चलियेगा मांझी, हम बटोही[4] हैं उस पार के।

ये वलवले, ऊँची आवाज़, बरपा हुआ हंगामा क्या है,
कोई मयकश चर्चे कर रहा, साक़ी-जाम-तक़रार[5] के।

यह घुमड़ते बादलों के छल्ले, गरज़ते हुए तूफान हैं,
यह मेघदूत मुक़ाबिल नहीं मेरे दिल मे उठे गुबार के।

जरा देखिये हटा के किवाड़, चिलमन के पीछे कौन है,
नहीं, इन आँखों को भरम हुआ, वो साये हैं दीवार के।

हटिये तो, निकलने दीजिये हमको इस बज़्म से आज,
वोह नहीं तो हमारे लिये सब रंग-ओ-महफिल बेकार के।

यह गर्दिशें यूं लग रहा कि सदा के लिये यहीं रहेंगी,
पता नहीं लौटेंगे भी क्या वो मौसम कभी बहार के।

हम हीं दीदावर[6] नहीं हैं, वो शख्स ही कुछ खास है,
जिधर देखिये उसी तरफ हैं चर्चे अफसाना-निगार[7] के।

आज भी है हुस्न दिलकश ज्यूं गुंचा कोई गुलाब का,
आज भी हैं चर्चे उनकी नज़ाकत, नक्श-ओ-निखार के।

क्या करें, जो है सो है, बदले हुए तो कुछ हम भी हैं,
'गर रहा नहीं वो आज अपना तो कहां रहे हम यार के।

---

1. इंतजार करने वाला, 2. आकाशगंगा, 3.इच्छा रखने वाला, 4. यात्री, 5. शराब परोसने वाले और परोसी गई शराब के कारण झगड़ा, 6. पारखी, 7. लेखक

36. कैसा इंसान हूँ मैं

अपने वजूद की चौखट पर खड़ा दरवान हूँ मैं,
इस हालात-ए-हाज़िरा[1] पर खुद भी हैरान हूँ मैं।

यह किस की हिफाज़त मैं मैंने उम्र बिता दी,
ताअज्जुब कि बेतरतीब बिखरा सामान हूँ मैं।

हर शय बिकती है यहाँ, खूब खरीदार भी हैं,
तिज़ारती दुनिया में महज़ बिकता सामान हूँ मैं।

सभी का अपना हाल[2], मुस्तकबिल[3] और माज़ी[4] है,
हालात-ए-दुनिया से फिर किसलिये परेशान हूँ मैं।

जो आया मेरे क़रीब अपनी ख्वाहिश साथ लाया,
गोया उधार बेचने की कोई फ़क़त[5] दुकान हूँ मैं।

मन मख़ज़न[6] है, आक़बत-अंदेशी[7] के इल्म में माहिर,
महज़ हिस्सा हूँ इसका या कोई मर्कज़-मुकाम[8] हूँ मैं।

ढूंढता हुआ मैं हर मंजिल-ए-मकसूद[9] तक गया,
नामालूम नूर की बूंद हूँ या गुमशुदा सामान हूँ मैं।

कहां वो आईना जो दिखा दे अक्स-ओ-निशाँ मेरा,
दक़ीक़-ओ-बलीग़[10] हूँ या क़फ़स-ओ-ज़िन्दान[11] हूँ मैं।

अपने गिरेबाँ में झांकता तो खुद से मिलन होता,
पूछता रहा अपना ठिकाना, कैसा नादान हूँ मैं।

सज़दा हुआ मुकम्मल जब खुदी को झुका दिया,
पाया कि जुज़-ओ-कुल[12] का आदिम निशान हूँ मैं।

1.वर्तमान स्थिति, 2.वर्तमान, 3.भविष्य, 4.भूतकाल, 5.केवल, 6.खजाना, 7.दूर तक देखना, 8.स्वयं का केन्द्र, 9.उद्देश्य, 10. गूढ़ व योग्य, 11.पिंजड़ा और जेल, 12. अणु और समस्त

37. कौन देखता है

नज़र में खिले सितारे हों तो खाक-ए-जहान कौन देखता है।
भुतहा, खण्डहर, उजड़े हुये, खाली मकान कौन देखता है।

गूंजती किलकारियां हैं रौनक गलियारों और बस्तियों की,
नवजात परिन्दे उड़ जायें, घोंसले वीरान कौन देखता है।

होता है लहू जवाँ रगों में जिंदगी के चढ़ते दिनों में जब,
मौत का भला ख्याल किसे, जलते श्मशान कौन देखता है।

साक़ी और रिन्द महफ़िल में शमाँ के तरफदार होते हैं,
जलते परवाने का कौन, खाली पैमाना कौन देखता है।

चढ़ते सूरज की बन्दगी, ऊंची इमारत को सलाम करते हैं,
याँ बुझे चिराग़ों का कौन, गुज़रा ज़माना कौन देखता है।

यह बहशियानी दरिन्दगी में यूँ अस्मितों का लूटना,
दो पल के उन्माद में वोह उजड़ता जहान कौन देखता है।

मज़हबी सिखावनों की दहशताना हरक़तों ने रुला दिया,
चीथड़े उड़ा के चल दिये, बिलखता जहान कौन देखता है।

आदम और हब्बा के इश्क की यह विकृत नसलें ज़मीं पे हैं,
धर्म-जात के नाम पर झगड़ता इन्सान कौन देखता है।

इस तिज़ारती दुनिया में भाई जिसकी लाठी उसकी भैंस,
बस सामान बेचना है, गाहक का नुकसान कौन देखता है।

अवतारों, मसीहों, पैग़म्बरों की शिक्षा लगता बेकार गयी,
मुँह में राम बगल में छुरी, कतरे में भगवान कौन देखता है।

38. कायनात का मंज़र

वो आततायी[1] अपनी ही मिसाल है,
और ऐब-ओ-गुनाह की बात न कर।
वो दानिशमंदी[2] का बुलंद बुर्ज है,
नसीहत-ओ-सलाह की बात न कर।

दौर-ए-शहनशाही का मंज़र कि,
रौब, रुतबा, शौकत-ए-हाल देख।
उफ्फ़ मुफलिसी[3] कि फटेहाल है वो,
दौर-ए-शदीद[4], दौर-ए-बेहाल देख।

वो उफनता हुआ तूफान है,
उसके तेवर, गरज, रौ देख।
वो बुझता हुआ चिराग है,
धुआं-तेल-बाती कांपती लौ देख।

वो बुलंदियों की परवाज़ है,
उसकी राह-ओ-राहनुमाई देख।
वो बदनसीबी की मिसाल है,
आगे कुआं तो पीछे खाई देख।

वो फ़लक-बोस[5] और आलीशान,
मीना-मीनार ताज-ओ-तख्त देख।
वो भुतहा खण्डहर ज़मींदोज अब,
किस कदर बदला है वक्त देख।

कायनात खालिक[6] का खेल है,
खलक-ग़ैब[7] का कमाल देख।
हर जर्रा राज़-लबरेज[8] है,
चश्म-ए-रूह का जमाल[9] देख।

---

1. दुष्ट, 2. बुध्दिमत्ता, 3. ग़रीबी, 4. तकलीफ का वक्त, 5. आसमान को छूता हुआ, 6. ईश्वर, 7. माया और ब्रह्म 8. रहस्य से लबालब भरा, 9. सौंदर्य

39. खता जरूर हो जाये

नज़र में रहो जो तुम यूँ तो इक सरूर हो जाये,
न चाहते हुये कोई न कोई ख़ता जरूर हो जाये।

दम-ब-दम किसी के कदम जो यूँ डगमगाने लगें,
बेबज़ह वो मयकश के नाम से मशहूर हो जाये।

वक्त-बे-वक्त बेहिज़ाब मेरे सामने चले आते हो,
याँ मंशा क्या है कि हमसे कोई कसूर हो जाये।

ज़ुल्फ़-ए-बरहम[1] की बजह से सारा आलम शब-गूँ[2],
ख़म-ए-ज़ुल्फ़[3] संवर जाये उजाला चारसू हो जाये।

आब-ए-पैकाँ[4] निगाहें हुज़ूर कहिये इरादा क्या है,
खुदा ख़ैर करे आज न जाने किसका खूँ हो जाये।

हुस्न-ए-निस्वाँ[5] में तुझको ही हुस्न-ए-आफ़रीं[6] कहूं,
तमन्ना यह कि दिल-ओ-जाँ पहलू में तू हो जाये।

यह दिल का आईना है पकड़े हुये अक्स को तेरे,
नज़र की चाहत है कि बस तू रू-बा-रू हो जाये।

जाँनिसारी-ए-इश्क कहें या ज़ोर-ए-हुस्न है यह,
माशूक आशिक की बाहों में चकनाचूर हो जाये।

शौक़-ओ-ज़ौक़[7] लग जाये तेरे ख्यालों में रहने का,
वह दुनिया से क्या खुद से भी हमेशा दूर हो जाये।

बुत-परस्ती को हराम कहें, मैं हरगिज़ रज़ामंद नहीं,
शामत-ज़दा[8] नहीं तो क्या है जो तुझसे दूर हो जाये।

---

1. खुले बाल, 2. रात की तरह काला, 3. उलझी हुये बाल, 4. तीर जैसी चमक और तेजी, 5. स्त्री की सुंदरता, 6. हुस्न की प्रशंसा, 7. बहुत ज्यादा रुचि, 8. अभागा

40. खुद में मिला

ताबिश-ए-आफ़ताब[1] में नही, ताबिश-ए-इश्क़[2] में जला,
मरंज-ओ-मरंजाँ[3] शख्स था, हसरत-ए-हसीना[4] में जला।

अलबत्ता[5] यही गलती हुई कि इक मुग़ालते[6] में जीते रहे,
यकीन-ओ-तरद्दुद[7] में कट गयी, साफ इत्तिला[8] न मिला।

इरादा तो उम्दा था, सहरा को सरसब्ज़ पुर-बहार करते,
मिज़ाज-ए-दरिया, तिशनगी-ए-सहरा का पता न मिला।

उसकी जुबाँ पे आया, न नज़रों से छलक के जाहिर हुआ,
कुछ अज़ीब शख्स था, जब भी मिला गुमशुदा सा मिला।

लुकाछिपी के खेल जैसी मिलती-खोती रही यह जिंदगी,
जहाँ उम्मीद थी दरिया की, वहां चमकता सराब[9] मिला।

वोह आज भी किसी हमदर्द को तारों में तलाश करता है,
टूटे तारों से मन्नत मांगता पर कुछ आज तक न मिला।

खाली हाथों की लकीरों को पढ़ने की कोशिश कर चुका,
विसाल-ए-यार होगा या नहीं, किस्मत में लिखा न मिला।

वो लौट आया बरसों बाद अपने कूचे, अपनी कुल्ली में,
सकूँ खुद में ही पाया, सारे जहाँ में भटक कर न मिला।

आशिक-माशूक़ अपने मे हैं, बाहर सब माटी का खेल,
जो अपने दिल में उतर गया, यह नुक़्ता उसको मिला ।

वाह तेरे यह तजुर्बे-ब्याँ, यह तसव्वुफ़[10] और फलसफे,
तलाश-ए-'उश्शाक़[11] पूरी हुई, बाहर ढूंढा, खुद में मिला।

---

1. सूरज का ताप, 2. इश्क का ताप, 3. मस्तमौला, हर हाल में खुश रहने वाला, 4. सौन्दर्य की कामना, 5. निश्चित ही, 6. धोखे में, 7. निश्चय और संशय, 8. सूचना, 9. मरीचिका, 10. रहस्यवाद, 11. प्रिय की खोज

41. किधर जाऊँगा

तेरे दर को छोड़ के अब किधर जाऊंगा,
हाथ छूटा तो यकीनन मैं बिखर जाऊंगा।

तेरी निगाह से होती है रोशन रूह मेरी,
बेहिसाब यह करुणा और किधर पाऊंगा।

तेरी तस्वीर तो दिल में भी बाहर भी है,
तेरी निगाह के साये में सफर कर पाऊंगा।

तू मालिक है मेरी ज़िंदगी है अमानत तेरी,
तुम्हीं को सौंप इक दिन कूच कर जाऊंगा।

तेरी आवाज़ जैसे कोई भंवर खींचता जाये,
तुझे सुनते-सुनते अपने भीतर उतर जाऊंगा।

नग़मा-निगार सी यह गाती-बोलती निगाहें,
बहकते खुद-बखुद कदम कैसे ठहर पाऊँगा।

तेरे ज़माल[1] के आगे फ़ीकी जहाँ की रौनक,
नमुमकिन है किसी से मुतबादिल[2] कर पाऊंगा।

यह दैर-ओ-हरम में उलझा हुआ हर इंसाँ,
तेरे बग़ैर मैं कोई फैसला न कर पाऊंगा।

तेरे चिराग़ से रौशन है दिल-ओ-जाँ मेरी,
तेरा हाथ पकड़ दरिया में उतर जाऊंगा।

यह तेरी दी हुई खुदमुख्तारी[3] का असर है,
मलक-उल-मौत[4] का मुवाजहा[5] कर पाऊंगा।

---

1. सुंदरता, 2. जिसके साथ बदला जा सके, 3. स्वतंत्रता, 4. मृत्यु का देवता, 5. आमना सामना करना।

42. कोई दिख नहीं रहा

जिस शहर में था अपना वो कुछ भी लिख नहीं रहा,
इस अजनबी शहर में अपना कोई दिख नहीं रहा।

यह क्या जगह है दोस्तो, तीरग़ी[1] इतनी घनी क्यों है,
दूर तक टिमटिमाता कोई चराग़ कहीं दिख नहीं रहा।

ग़मज़दा हूँ किसी ग़मख्वार का नामोनिशान नहीं,
ग़म-ए-दरिया की हद कहां, साहिल[2] दिख नहीं रहा।

खुले आसमान की तरफ निगाहें उठा के दुआ करें,
इस जमीं पे तो अपना सहारा कोई दिख नहीं रहा।

तस्वीर दिल में है, कागज़ पे उतार के भी रख ली,
मिलती हो किसी से ऐसा बशर[3] कहीं दिख नहीं रहा।

ले कर दिल-ए-बीमार को हम जायें तो कहाँ जायें,
याँ मरीज़-ए-मुहब्बत का चरासाज़[4] दिख नहीं रहा।

गुफ़्तगू तन्हा ही करें अब उन्हें तो फुरसत कहाँ,
उनमें वो संजीदगी[5] वो अंदाज अब दिख नहीं रहा।

बुलावा भेजा था क़ासिद[6] लौट के खाली हाथ आया,
लिखा हुआ कोई और ठिकाना कहीं दिख नहीं रहा।

खत को सम्भाले बैठे हैं आज भी निशानी की तरह,
हिज्र[7] में वोह भी हों शायद मग़र ऐसा दिख नहीं रहा।

ज़मीं पर किये हर कर्म का महशर में तो हिसाब होगा,
सम्भल के यारो यूँ न समझो किसी को दिख नहीं रहा।

---

1. अंधेरा, 2. किनारा, 3. आदमी, 4. इलाज करने वाला, 5. गम्भीरता, 6. संदेशवाहक, 7. स्वर्ग

43. कुछ कमी तो होगी

हमारे बगैर यकीनन कुछ कमी तो होगी,
इक तन्हाई, आंख में कुछ नमी तो होगी।

ऐसा नहीं कि हम को कोई भी गम नहीं,
ये क्या कम है कि तेरे कुछ भी हम नहीं।

है ग़म कि तेरे लिए कुछ कर न सके हम,
जुदा हुये पर तेरे बिना मर न सके हम।

हंसते हुए भी चश्म-ए-नम सी रहती है,
उखड़ी हुई ये नज़र हरदम सी रहती है।

अकेले में बात करने की आदत हो गयी,
तुम से मुख़ातिब हुये इक मुद्दत हो गयी।

लौटता हूँ रोज़ ख्यालों में तेरे पास जा कर,
तोड़ता हूँ कसम रोज़ नई कसम खा कर।

चराग़-ए-रहगुजर[1], चश्म-ए-इल्तिफ़ात[2] नहीं,
दर-ओ-दीवार तो वही मग़र वोह बात नहीं।

जख्मों के न सही, कदमों के तो निशाँ दिखेंगे,
क्या होगा जिस रोज़ तुम्हें खाली मकाँ दिखेंगे।

समंदर था जहाँ कभी आज तो वहाँ सहरा है,
मुस्तक़िल[3] कुछ भी नहीं कौन यहाँ ठहरा है।

गिले हज़ारों हैं तो रिश्ता उनसे तोड़ता क्यों नहीं,
मुसलसल[4] याद करना उन्हें छोड़ता क्यों नहीं।

---

1. रास्ते की रौशनी, 2. दोस्ती से भरी आंखें, 3. अटल, 4. निरंतर

44. कुछ रोज रहने दो

कच्ची हैं कलियां अभी कुछ रोज रहने दो,
ढके हैं पाल में यूँ ही ढके उरोज रहने दो।

तेरे हुस्न के आगे इश्क हथियार डालेगा,
शहंशाही अंदाज़ यूँ ही कुछ रोज रहने दो।

रक़ाबत-मुहब्बत दोंनों उन्हीं से है मुझे,
दिल का ये मिजाज कुछ रोज़ रहने दो।

रानाईयों की परवाज़ परवान चढ़ रही है,
मौसम के ये खिलते हुये सरोज रहने दो।

हंगाम-ए-जवानी का यह दौर है उनका,
नया-नया सा चढ़ता हुआ सोज़ रहने दो।

ये अल्हड़पन अपनी कहानी खुद कहेगा,
हुस्न के समन्दर में उठती मौज़ रहने दो।

सादगी ये बांकपन ये मासूमियत से भरा,
यह मंज़र मनोहर सा है मनोज़ रहने दो।

पाकीज़ा मुहब्बत में रौशन इलाही कुव्वत,
उतरती हुई ये जन्नत की औज़ रहने दो।

सुनी है मैंने जन्नत की हकीकत लेकिन,
है इल्तज़ा कि ज़िंदा मेरी खोज़ रहने दो।

हर रूप में ज़िन्दगी का जश्न मनाता हूँ,
अभी ज़िंदा हूँ ज़िंदा कुछ रोज़ रहने दो।

45. लकीर को पीट डाला

भीड़ ने एक मुद्दा कुछ यूं उछाल डाला,
सांप चला गया, लकीर को पीट डाला।

नजर में बदगुमानी लफ़ज़ हैं जुबाँ पर,
ओ बुरी नजर वाले तेरा मुहँ काला।

दुनिया भर में उलटबांसियां दिखेंगी,
सच्चा भीख मांगे, झूठे का बोलबाला।

अंधा एक अंधे को रास्ता दिखा रहा,
न दूजा ही बचा न खुद को सम्भाला।

मशविरों की मण्डियां हैं ढेर लगे हुए,
खूब देने वाले, मग़र नहीं लेने वाला।

नहीं पेट भरता उन दान पेटियों का,
कौन दे भिखारी को छोटा सा निवाला।

जिंदगी के दीये बेरहमी से बुझा कर,
मज़ारों पर जा कर हैं करते उजाला।

आश्रय लूटने में न हाथ डगमगाये,
आश्रितों के लिये बना दी धर्मशाला।

अस्मिता नोंचने में जरा नहीं मलाल,
और कन्या-पूजन का ढोंग रचा डाला।

क्या ऐसी ही दुनिया चाही थी तूने,
या तूने भी गलती से सब कर डाला।

46. लो बता दिया

मैं बुरे वक्त की आह ही नही, अच्छे वक्त की चाह हूँ,
उलझन भरी इस ज़िन्दगी में सुलझन भरी राह हूँ।

हौसला जो तुम्हें ला सके मुश्किलों से निकाल कर,
वो सम्बल हूँ, सहारा हूँ, बे-पनाहों की पनाह हूँ।

भटक न जाओ मार्ग से, अंधेरे में ठोकर खा कर,
नयन की रौशनी हूँ मैं, चौखट पर जलता दीया हूँ।

निजात हूँ मुश्किलों की, रात का अंत, प्रभात हूँ,
हाथ जोड़ो तो प्रार्थना, हाथ फैलाओ तो दुआ हूँ।

हवा का रुख देखिये विपरीत भी है तो क्या हुआ,
विरह की आग और दर्द-ए-पैहम[1] की दवा हूँ।

है काँधे पे तेरे हाथ मेरा, तू चल मैं तेरे साथ हूँ,
मुझे फ़िक्र है फ़िराक[2] का हर दौर की परवाह हूँ।

दर्द से जलता ज़िगर नयनों से बहता सैलाब भी,
आओ क़रीब ताज़गी से भर दूँ मैं वाद-ए-सबा[3] हूँ।

मेरे दोस्त क्यों हैरान है कुछ पूछना तो बात कर,
हैरत भरी निग़ाहों से यूँ न देखिये कि मैं क्या हूँ।

हर चीज का इक दौर है, हर शय की इक उम्र भी,
यह है रूह-ए-वजूद की खासियत कि मैं सदा हूँ।

कर आँख बंद, महसूस कर, मैं तुझमें तू मुझमें है,
मैं परम् रूप निज आत्मा, लो बता दिया मैं क्या हूँ।

---

1. गहरा दर्द, 2. वियोग, 3. सुबह की ताजी हवा

47. मिले न मिले

ये क्या कि दो लफ़्ज़ कहें, उन्हें वक्त जरा न मिले,
मसरुफियत[1] का भी दौर किसी को इस तरह न मिले।

बदले हैं अगर हालात तो क्या, अपनी खबर तो दे,
इतना भी क्या सिमटना कि किसी बशर से न मिले।

आया है जिंदगी में बे-बाक यह दौर-ए-बेरुखी भी,
बदअख्तर[2] जाये भी तो कहाँ इसे कोई जगह न मिले।

निग़ाहें अपनों की बदल गई, ग़ैरों का क्या वो तो ग़ैर थे,
ऐ दिल वहां चलें जहां अपने सिवा दूसरा न मिले।

गर्व के गुम्बद की भी कागज सी हैसियत रह गई,
हुआ है राख इस क़दर, अब निशाँ-ओ-खबर न मिले।

है आशकारा[3] कि दुश्वारियां[4] जीते जी न होंगी खत्म,
जो कांटों भरी न हो ऐसी यहां कोई डगर न मिले।

दिल तो दरिया है उतरे तो बह जाना है मुमकिन,
आंखों के समंदर में भी साहिल की खबर न मिले।

लम्हों की खता का हश्र फिर मिलता है उम्र भर,
जब गलती से बढ़े कदम और सही डगर न मिले।

न मशवरा न नसीहत ज़िन्दगी का तजुर्बा है दोस्त,
मुहब्बत ठुकराते नहीं कौन जाने फिर मिले न मिले।

---

1. व्यस्तता 2. अभागी, 4. स्पष्ट 4. समस्यायें

48. न माँग

मेरे मुहिब मुझसे पहली सी मुहब्बत न मांग,
बिखरे फूलों के गुंचे खुश्बू-ओ-रंगत न मांग।

जो थे फ़लक[1] पे तो थे वो चमकते हुए सितारे,
टूटे तो हुए पत्थर याँ रौनक-ओ-रंगत न मांग।

दिल-ए-नादाँ की न पूछ सुर्ख-जरखेज[2] नहीं अब,
खिजां के मौसम में बहार-ओ-लज्ज़त[3] न मांग।

कातिल-ए-अरमान हूँ मुजरिम सज़ायाफ़्ता[4] हूँ मैं,
तीरगी-ए-हयात[5] से रिहाई की मन्नत न मांग।

देखी है दानाई[6], ज़र्फ़-ओ-तहम्मुल[7] मौजूदा तुझमें,
महरुम-ए-मुद्दा[8] न हो गुरूर-ओ-गफ़लत[9] न मांग।

ख़लिश-ए-शब-ए-हिज्रां[10] तिशनगी-ए-वसल[11] भी देख,
शनासा[12] है, न हो बेहिस[13], यूँ मेरी मलामत[14] न मांग।

तेरी औकात छुए अर्श उतरे मसीहाई बन के,
तेरे हाथों में हो शफ़ा शूल-ओ-नश्तर न मांग।

बाब-ए-ख़्वाब[15] हो तुम या हकीकत में हूर कोई,
बेनकाब रू-बा-रू आकर मेरी क़यामत न मांग।

ख़ैर-मक़्दम[16], ऐ मखदूम[17] सर-ए-आम चले आओ,
शिद्दत-ए-एहसास[18] देख, कोई दरयाफ़्त[19] न मांग।

मोजिब-ए-तामीर[20] और दरख्शां-ए-हयात[21] हो तुम,
तेरे मुश्ताक़[22] हैं हम, निफ़ाक़-ओ-मज़म्मत[23] न मांग।

---

1. आसमान, 2.उपजाऊ, 3.प्रसन्नता, 4.दण्डित, 5.जिन्दगी का अंधेरा, 6.बद्धिमत्ता, 7.सामर्थ्य और सहनशीलता, 8.विषय से भटकना, 9.अंहकार और असतर्कता, 10. कसक और वियोग की शाम, 11. मिलन की प्यास, 12.पहचान, 13.अहसासहीन, 14.भर्त्सना या निंदा, 15.सपनों का द्वार, 16.स्वागतम्, 17.स्वागतयोग्य, 18.भावनाओं की अधिकता, 19.जांच-पड़ताल, 20. निर्माण की बजह, 21.जीवन की ज्योतिर्मयता, 22.इच्छुक, 23.नफरत और बेइज्जती।

49. नहीं आये तो नहीं आये

लबों पे जुम्बिश[1] दिल में कोई आहट हुई जाती है,
बिजली कौंधी है अरमानों की बरसात हुई जाती है,
कोमल सा कोई ख्याल रुह को छू कर गुज़र गया,
शायद वोह जल्दी में था शायद रात हुई जाती है।

मेरी गुफ़्तगू तुम्हीं से है मैं मुख़ातिब तुम्हीं से हूँ,
यहाँ लोग सारे हैं अज़नबी मैं वाक़िफ़ तुम्हीं से हूँ,
आलम-ए-इंसाँ में क्या औक़ात-ओ-हस्ती अपनी,
मैं नुमायाँ-तरीन[2] तुम्हीं से हूँ मरातिब[3] तुम्हीं से हूँ।

वो फ़रीद-उल-अस्र[4] तशरीफ़[5] गुज़ीदा-तरीन[6] है यहाँ,
अदीम-उल-मिसाल[7] से बढ़कर कौन हसीन है यहाँ,
कुंदन बदन से चाँदनी झांकती है माहताब के मानिंद,
फ़रिश्ता-ए-रहमत[8] आये वरना रोज़-ए-पसीं[9] है यहाँ।

वो हिजाब-आमेज़[10] बे-नक़ाब हो कर मेरे सामने आये,
उड़ा कर ही नींद आखिर हसीन-परीज़ाद[11] सकून पाये,
कभी तीर-ए-मिझ़ा[12] तो कभी यूँ कि मरहम-ए-इंदिमाल![13]
अदा-ए-क़ातिल से आख़िर बाज़ नहीं आये तो नहीं आये।

1.हलचल, 2. प्रसिद्ध, 3. पद-प्रतिष्ठा, 4. जो सबसे अलग दिखाई दे, 5.आगमन, 6.बहुत पसंद की जाने वाली, 7. जिसकी कोई मिसाल नहीं, बेजोड़, 8. कृपालु देवता, 9.मृत्यु का दिन, 10. बेहद शर्मीली, 11.परियों जैसी सुंदरता, 12. नयनों की कटार, 13. ज़ख्म पर लगाने वाला मरहम

50. नमस्कार करता हूँ

मैं अपनों-परायों से इक सा व्यवहार करता हूँ,
जिस से मिलूं पहले उसे नमस्कार करता हूँ।

मतलब निकालने की खातिर रिश्ते नहीं बनाता,
मैं रिश्तों की खातिर मतलब दरकिनार करता हूँ।

बुलन्दियों की ख्वाहिश में खुद को नहीं सताता,
मेहनत से जो मिले सहज स्वीकार करता हूँ।

मिले हैं लोग कुछ ऐसे भी सफर-ए-जिंदगानी में,
जो हैं क़ाबिल-ए-तारीफ़ ज़िक्र हर बार करता हूँ।

न जाने वोह भूल गए हमें या लौट न सके कभी,
काश उन्हें खबर मिले कि मैं इंतजार करता हूँ।

कुछ लोग दिल मे यूँ बसे मिटते नहीं निशान,
ख्यालों में हसीं गुफ़्तगू, आंखें दो चार करता हूँ।

और ज़ख्म खाऊँ हिम्मत न रही ज़िगर में,
मैं दरम्यान इक पतली खड़ी दीवार करता हूँ।

फरिश्ता नहीं मैं कोई साधारण सा इन्सान हूँ,
है मुमकिन हुईं हों गलतियाँ इकरार करता हूँ।

अन्दाज-ए-बयाँ को मेरे न देखो हैरत से ज़नाब,
ग़म-ए-दर्द-ए-दिल का हंस के इज़हार करता हूँ।

हालात-ए-जिंदगी कुछ ऐसे लगने लगे हैं अब,
चलो विदा के लिए खुद को तैयार करता हूँ।

51. नसलों का फासला

वोह गठरियाँ तजुर्बों की हैं, रखे हुये हैं काँधे पे बहँगी,
बचत लम्बे अरसे की है, बहुत कीमती, बहुत महँगी।

गुंथ गयी जिंदगी जालों में, इन्हें क़हते रहो कसीदे,
यह लछियाँ यूँ ही उम्र भर अटेरन से लिपटी रहेंगी।

बन्जर को सींचा उम्र भर फफोलों और आँसुओं से,
इस आस से कि पीढ़ियों की यहाँ फसलें उगा करेंगीं।

ख्वाहिशों के तिज़ारती मेले जिंदगी भर सजते रहेंगे,
भर-भर के मजबूरियाँ जहां बिकने को आया करेंगी।

हुक्के के धुएं में जिंदगी तो छल्ले बन कर उड़ गयी,
समझते रहे कि सदियों यहाँ महफ़िलें सजा करेंगी।

ये गठरियाँ जिन्हें ढोते हुये काँधे दबे और झुकते गये,
कुछ भी रहा न काम का 'कोई शख्स था' इतना कहेंगी।

हर दौर का अपना सलीका, कायदे, शरह, रिवाज़ भी,
पुराने लिबास को नस्लें नई चीथड़े ही तो कहा करेंगी।

वोह वक़्त गया जिस दौर में क़ायदों की मतानत[1] थी,
पीढ़ियाँ ऐसी बात को दकियानूसी ख्यालात कहेंगी।

हर सदी की अपनी जिंदगी, हर सदी की अपनी मौत है,
वोह अपनी खुशी से जियेगी, अपनी खुशी से मरती रहेगी।

नसलों के फ़ासले ने तजुर्बों को आईना दिखा दिया,
युगों की जो निशानियाँ, अजायबघर[2] में मिला करेंगी।

---

1. शालीनता, 2. संग्रहालय

52. नया गीत भेज दूँगा

तू पूछ तो सही अपनी मौजूदा खबर भेज दूँगा,
लिख के कोई नयी ग़ज़ल तेरी नज़र भेज दूँगा।

दिल में आह उठी लबों पर सिसकी बिखर गयी,
भरे हुये किसी जख्म का ताज़ा निशाँ भेज दूँगा।

दहलीज़ से लेकर दिवान तक निशानियां पड़ी हैं,
किसी रँगीं अक्स का उतार के नक्श भेज दूँगा।

हंसी-ओ-तबस्सुम तेरी गुस्ताखियाँ नयनों की,
लबों के वोह चस्पां गालों पे बने निशाँ भेज दूँगा।

है आज भी मयस्सर मय इश्क के मयखाने में,
बना कर जाम तेरे नाम सर-ए-शाम भेज दूँगा।

साक़ी, मीना, जाम सब हैं मग़र तुझसा रिन्द कहाँ,
इश्क के महकते मयखाने का पूरा सामाँ भेज दूँगा।

सूखे ग़ज़रों में कहाँ ख़ुशबू वक्त के साथ उड़ गयी,
नरगिस-चमेली के नये फूल-ओ-कलियां भेज दूँगा।

शब-ओ-रोज़ याँ कोई न कोई मंजर याद आता है,
जो भूल गए हो बताइयेगा मैं तफ़सील भेज दूँगा।

वो चाहत जो हमारे-तुम्हारे ख्यालों ख्वाबों में रही,
जो लबों पे खड़ी सुबकती है वो मुहब्बत भेज दूंगा।

हिज्र-ओ-विरह ब्यानी के नग्में तुम्हारी जुबाँ सुने,
मैं अपनी भी तस्वीरी-तहरीर बना कर भेज दूँगा।

53. निकलेगा जब ये दम

करिश्मा यह नहीं कि अब तलक जिंदा है हम,
करिश्मा तो यह कि अब तक मरे नहीं हैं हम।

इक करतब है बस खुशनुमा चेहरे की नुमाइश,
जीते हैं छुपा के दिल मे लोग कई तरह के ग़म।

हुए बेजुबाँ, पेश आये अक्सर ग़मज़दा हादसे,
सुबकते गुपचुप तन्हा, छुपाते हैं चश्म-ए-नम।

उनके भी ख्वाब हुए ज़मींदोज़ जो थे फ़लक़ पे,
है कहाँ वो आज देखिये जो बुलन्द था परचम।

जलती हुई पशेमाँ[1] सी यह चलती फिरती लाश,
कहते हैं इसको ज़िन्दगी, अटका कहाँ है दम।

बिछुड़ा किसी का हमसफ़र या लुटा है कारवाँ,
सबके हैं अपने दुखड़े और सबके हैं अपने ग़म।

कोई अपने ही गिरेबाँ को चाक कर के रो रहा,
किसी के साथ हादसा, किसी पे हुआ सितम।

इस आसमाँ के नीचे कुछ मुस्तक़िल[2] नहीं है,
ये चढ़ती ढलती छांव है, अभी शुरू अभी खत्म।

हैं भीड़ में भी तन्हा, इस सफ़र में सब अकेले,
यह लटके हुए से चेहरे और भटके हुए कदम।

कोई चुभन है जो दिल मे अटक के रह गयी है,
छोड़ेगी साथ उस दिन निकलेगा जब ये दम।

---

1. शर्मिंदा, 2. स्थायी

54. निहायत छोटी सी

बदस्तूर, बा-अदब वोह किये शिकायत छोटी सी,
पलक झुका कर दे डाली एक हिदायत छोटी सी।

पर्दानशीनी, चिलमन, हिज़ाब किसी काम के नहीं,
ज़ाहिर हो जाती है उनकी हरेक नज़ाकत छोटी सी।

उन नयनों की फितरत और कातिलाना हरकतें,
हम भी कर लेते हैं उनसे कोई शरारत छोटी सी।

बल खा के हट जाना यूँ कुछ शर्माते-सकुचाते हुये,
वाह लुभानी माशाअल्लाह एक क़यामत छोटी सी।

दिल में कुछ, जुबाँ पे कुछ, कहना और छुपाना भी,
दिखती है हर शोख अदा में एक बनावट छोटी सी।

कभी यकायक गुस्से होना, सुलह भी अपनी मर्ज़ी से,
शख्सियत की है ये भी वल्लाह एक हरारत[1] छोटी सी।

वो हंसते हंसते कह बैठे इक राज़ हमारा महफ़िल में,
हमने भी कर डाली ज़ाहिर एक शिनाख्त[2] छोटी सी।

मुश्ताक़[3] हैं तो भर लेते हैं बाहों में दफ़अतन[4] उनको,
वो करते हैं पहले सरगोशी[5], फिर शरारत छोटी सी।

यह तजाहुल[6] और तग़ाफ़ुल[7] ख़ुद-आरायी[8] है उनकी,
वो परीज़ाद[9] हैं, हमको आती एक शराफ़त छोटी सी।

परवरदिगार-ए-आलम सब पे दुआ-ओ-करम रहे,
यह ज़िन्दगी तो है यकीनन एक निहायत छोटी सी।

---

1. गर्माहट, 2. जान-पहचान, 3. इच्छुक, 4. अचानक, 5. कानाफूसी, 6. जानबूझ कर अन्जान बनना, 7. उपेक्षा, 8. गर्व, 9. परम सुन्दर

55. परम से गुफ़्तगू

मशगूलियत[1] में भी याद बनी रहती है तुम्हारी,
मुझे पता नही था सांसों में सकूनत[2] है तुम्हारी।

यह जो दैर-ओ-हरम[3] में डेरा लगाये हुए हैं लोग,
ये इबादत किसकी हो रही लगती तो नहीं तुम्हारी।

लामकाँ को इंसाँ ने ताला-मकाँ में जकड़ दिया,
कैसे भला गुजर-बसर यहाँ चलती है तुम्हारी।

इस तिज़ारती[4] संसार में मोल भाव ही हुआ करे,
कहिये तो कितनी बार बोली लग चुकी तुम्हारी।

हमने तेरे सिवा यहाँ किसी और को पाया नहीं,
फिर टुकड़े-टुकड़े कैसे हुई ये अस्मिता तुम्हारी।

जालसाजियों मे शायद तुम भी तो होंगे शामिल,
अकेले इंसाँ के बस का नही, शय तो है तुम्हारी।

घर-घूलों में ताउम्र इंसाँ को उलझा के रख दिया,
कहो तमाशा देख के कैसे रुकती है हंसी तुम्हारी।

तशरीह[5] तो देखिये इंसाँ रूप है तुम्हारा, कमाल!
हालत देख इंसान की राय बदली नहीं तुम्हारी।

हालात हों नागवार तो कभी आंख खोल लिया करो,
आज तक सब देख कर नींद उखड़ी नहीं तुम्हारी।

कभी गुफ़तगू, कभी मस्खरी-मज़ाक किया करो,
हर वक्त संजीदगी अच्छी लगती नहीं तुम्हारी।

---

1. व्यक्तता, 2. रिहायश, 3. मंदिर-मस्जिद, 4. व्यापारिक, 5. व्याख्या

56. परस्ती याद आयी

लब-ओ-तबस्सुम[1] की बात चली,
तो उनकी मस्ती याद आयी,
हुस्न-ओ-मुजस्सम[2] की बात चली,
तो उनकी हस्ती याद आयी,
काली घटा की बात उठी तो,
जुल्फ-ओ-खम[3] की याद आयी,
बुनियाद-ए-तअल्लुक़[4] की बात चली,
तो बस... परस्ती[5] याद आयी।

वो खुद-मुख़्तार[6] हैं अपने लिये,
हमारी भी कुछ खुद-मुख्तारी है।
वो याद करें न करें ये उनकी मर्ज़ी,
उनको याद करना मौज हमारी है।
सब्र का बांध टूटा तो हमारा है न,
उनकी कहाँ कोई जवाबदारी है,
वो तो बस मुस्करा भर देंगे न,
जान जाएगी वो तो हमारी है।

शब-ए-मुलाकात की बात उठी तो,
झील सी आंखें, मिज़्गां[7] याद आयी।
बुनियाद-ए-तअल्लुक़ की बात चली,
तो बस... परस्ती याद आयी।

शमाँ-परवाने की आशिकी खेल नहीं,
रात चकोर की आंखों से गुज़रती है।
दर्द किसी हसीना का भी पूछिये तो,
अँगड़ाई ले के लम्बी आह भरती है।
पिघलते बदन की रौ कह नहीं सकते,
महसूस वो करे जिसपे गुजरती है।
इन्तिजार में किसी के बार-बार,
द्वार खोलती फिर बन्द करती है।

लबों पे उठती आह की बात चली तो,
लड़खड़ाती हुई सिस्की याद आयी।
बुनियाद-ए-तअल्लुक़ की बात चली,
तो बस... परस्ती याद आयी।

---

1. होंठ और मुस्कराहट, 2. जिस्म के सौंदर्य, 3. घुंघराले बाल, 4. सम्बन्ध का आधार, 5. पूजा, 6. स्वतंत्र, 7. पलकें

57. पिछले जन्म की तरह

वो मुद्दतों बाद मिले पिछले जन्म की तरह,
वो नजर बचा के मिले नये सनम की तरह।

गेसुओं के घने साये सी मखमली छाँव कहाँ,
लबों से छूना लगे जख्म पे मरहम की तरह।

यहाँ से दूर चलो दो चार पल हमें उधारी दे दो,
चुका दूँगा इसी जन्म में सब लगान की तरह।

कस्तूरी को मृग की तरह ढूंढते हैं दर-ब-दर,
वो कहीं मुझ में छुपे है बीते बचपन की तरह।

गुमाँ होता है कि बढाऊँ हाथ तो छू लूँ उन्हें,
लिपट के ओढ़ लूँ उन्हें किसी दामन की तरह।

ख्वाब में भी मिल जायें तो मिट जाये सूनापन,
नींद टूटे तो सब दिखता सूखे चमन की तरह।

वो आज मिले भी तो बात फ़क़त इशारों में हुई,
वोह घिरे हुये थे दोस्तों से नई दुल्हन की तरह।

इस तअल्लुक़ को कोई नाम न ही दें तो अच्छा,
बस इतना समझ लीजै हैं रुह-बदन की तरह।

दौर कैसा भी हो गुज़र ही तो जाता है आखिर,
वो साथ हों तो हर लम्हा गुजरे जश्न की तरह।

इश्क की उम्र में अब जा कर यह दौर आया है,
लगता है उनका बिछुड़ना भी मिलन की तरह।

58. पूछता रहा हूँ मैं

अपने ही सकूँन से नाहक़ उलझता रहा हूँ मैं,
वक्त की आग में ताउम्र झुलसता रहा हूँ मैं।

अपने वजूद के साये में भी अपना निशाँ नहीं,
अपने नक्श-ए-पा को हरसू ढूंढता रहा हूँ मैं।

मैं ले कर गया हूँ ग़ैर को ज़ानिब-ए-मंजिल,
और ग़ैर से खुद का पता पूछता रहा हूँ मैं।

खेलते रहे माशूक से आशिक़ी का खेल खूब,
बन के मसीहा मुहब्बत का घूमता रहा हूँ मैं।

अपनी औक़ात-ओ-हिम्मत पर हैरत हुई मुझे,
बड़ी खुशी से अपने क़दम चूमता रहा हूँ मैं।

भूले को राह दिखाना यूँ कितना आसान है,
कौन हूँ अपना पता मग़र पूछता रहा हूँ मैं।

करता रहा हूँ गलतियां मैं ताउम्र बारम्बार,
नसीहत दूसरों को अक्सर देता रहा हूँ मैं।

मैं चला तो था फूलों की ले कर ख्वाहिशें,
राह में पड़े कांटों से भी उलझता रहा हूँ मैं।

रूहानियत की ख़सूसियत सुना हूँ फ़क़ीरों से,
फकीराना वेश में अक्सर घूमता रहा हूँ मैं।

ढूंढता फिरता हूँ भीड़ में खुद का पता मिले,
मैं कौन हूँ यह खुद से ही पूछता रहा हूँ मैं।

59. रहने दे

मैं तन्हाई-पसंद था, मुझे तन्हा ही रहने दे,
झील में पत्थर न फेंक यूँ शान्त ही रहने दे।

मैं देखूँ जो आईना तो तुम ही तुम दिखते हो,
कुछ मेरी भी बिसात है मुझे जिंदा ही रहने दे।

तू मिला तो खुद से कितना दूर हो गया हूँ,
मेरी जाँ को मेरे वजूद के पास ही रहने दे।

मेरी तन्हाई तेरी मौजूदगी से भर गयी है,
ये खाली मकान था इसे खाली ही रहने दे।

स्याह रातों से मैं ख़ौफज़दा नहीं हूँ फिर भी,
मेरे करीब इक छोटा दीया जलता ही रहने दे।

तेरे ख्याल तो बेसबब चले आते हैं मेरे पास,
उनको अपनी दायरा-ए-हुकूमत में रहने दे।

तेरी निग़ाहों में आज ये तूफान सा क्यों है,
मेरी तरफ न देख मुझे मुझमें ही रहने दे।

देख, मैंने आज तक कोई नाम नहीं दिया,
तू भी इस तअल्लुक को अनाम ही रहने दे।

कुछ बातें कही न जायें तो अच्छी लगती हैं,
मग़र गुस्ताख़ निग़ाहों पर इख्तियार रहने दे।

मैं ग़ैर हूँ तो हिदायतें अपनों की तरह न दे,
मैं जैसे रह रहा हूँ, तू मुझे वैसे ही रहने दे।

60. रू-ए-ताबाँ

दीया बुझा दो, हमें आजकल अंधेरे रास आते हैं,
वो उजाले से शर्माते हैं, वो अंधेरे में पास आते हैं।

यह अलग सी शर्मसारी है, अलग ही परदादारी है,
खुली आँख से कम, बन्द से साफ नज़र आते हैं।

मुकम्मल एतिमाद[1] है हम पे, रू-शनास[2] हैं हम से,
हिज़ाब-नशीं हैं बेशक, दस्तक बग़ैर चले आते हैं।

आमद-ओ-रफ़्त[3], मेल-मुलाक़ात के शौकीन हैं वो,
इस्तिक़रार-ए-हक़[4] हम पे कुछ खास ही जताते हैं।

आराइश-ए-'उरूस-ए-चमन[5] हैं, रंगो-बू से लबालब,
आमद-ए-'उरूस-ए-सहर[6] हैं वो शेफ़्तगी[7] जताते हैं।

वाक़िफ़-ए-तबियत हैं हमारी अंजुम-शनास[8] हैं वो,
मुदाम[9] शरह-ए-लफ़्ज़-ओ-म'आनी[10] के साथ आते हैं।

ज़ीनत-ए-महफ़िल[11] हैं मेरी ख़ास-उल-ख़ास हैं वोह,
उदास-तबी'अत भी हूँ अगर समाँ बांध के जाते हैं।

उन्हें पसंद है मेरे पास आना जब दूसरा नहीं होता,
अगरचे तखलिया[12] न हो दहलीज से लौट जाते हैं।

सुख़न-परदाज़[13] हैं वो दिलकश अन्दाज है उनका,
वोह हमपे कुछ कहते हैं हम उन पे लिख जाते हैं।

नूर-ए-ख़िरद[14] है शाहकार मेरा, ज़न्नत-ए-अर्ज़ी[15] है,
फ़ैज़ान-ए-इलाही[16] रहे हम रू-ए-ताबाँ[17] हो जाते हैं।

---

1. पूरा भरोसा, 2. वाक़िफ़, 3. आना-जाना, 4. अधिकार मांगना, 5. दुल्हन जैसा सजा हुआ, 6. ऐसी सुबह जो दुल्हन की तरह ताजगी से भरी हो, 7. मुहब्बत, 8. मन की बात समझ लेने वाला, 9. हमेशा, 10. स्पष्टीकरण, 11. सभा की शोभा, 12. एकांत, 13. शायर, 14. बुद्धिमत्ता की चमक, 15. धरती पर स्वर्ग, 16. प्रभु कृपा, 17. चमकता हुआ चेहरा

61. सकूँ जहाँ मिले

ऐ ज़िंदगी उस पार चल, जहां ज़मीं-आसमाँ मिले,
या तू खुद वो जगह बता, सकूँ दो घड़ी जहाँ मिले।

इस दिल को बना के आशियाना रहे ताउम्र हम,
बता मुझे इस से हसीं जगह और कहाँ मिले।

बने हैं किस्सा इस कदर कि हैं शहर में चर्चे अपने,
हद-ए-दीवानगी का ऐसा हश्र-ओ-सिला कहाँ मिले।

बदली जमाने ने निग़ाहें हुये ग़ैर हम सबके लिये,
ग़ैर-मुतग़य्यर[1] बेगानगी में कहो पनाह कहाँ मिले।

फितरत-ए-जगहँसाई ज़ालिम को हमारा घर दिखा,
इश्क-ए-मसरूफियत[2] में मख़मूर[3], सताने को हम मिले।

तेरे ख्यालों से आबाद दिल-ओ-जाँ, सुबहो-शाम मेरे,
तेरी याद से महरूम रहूँ कभी ऐसा न समां मिले।

जो होना है वो होगा ही तो जो हो रहा होता रहे,
किसी के रोके न रुके है, न किसी के चलाये चले।

तशरीह[4] किस को दीजिए पागलखाने सी ये दुनिया,
ज़ुबां न खोलिये जब तक दलील-ए-मोहकम[5] न मिले।

यह सरहदों की बंदिशें, हर चौखट पर कसे सींखचे,
खुली सांस भी ले सकें ऐसी कोई जगह न मिले।

हकूमत बेमानी यहां की रौब-रुतबा भी ख़ाकसारी है,
फ़ानी[6] दुनिया की मसाफ़त[7], खाली आये खाली चले।

---

1. कभी न बदलने वाला, 2. इश्क में व्यस्त, 3. खुमार, 4. सपष्टीकरण, 5.ठोस सबूत, 6. नाशवान, 7. यात्रा

62. शिकायत

मिली तौहीन, हुए बेआबरू तेरी महफ़िल में हम,
लो खाली कर दिया, नही रहेंगे तेरे दिल में हम।

मौसम खिजाँ का तो नही, थी तो बहार ही बेशक,
रहे महरूम मगर बादे सबा से तेरे अंजुमन में हम।

कुछ धुआं हुए कुछ दफन कुछ हुए हैं गर्क़े दरिया,
लो खाते हैं कसम आयेंगे नहीं तेरी नज़र में हम।

रहे हैं दरकिनार, नजर-अंदाज भी सर-ए-आम किया,
लो अलविदा.. नही दिखेंगे अब तेरी बज़्म में हम।

हैं और भी दुनिया में बहुत रुतवा-ओ-रौब वाले,
यह गुरूर तुम्हे मुबारक, हैं अपने मजे में हम।

न रोकी हैं किसी की राहें, न ही काटा है रास्ता,
न ही पड़े हैं बेवजह किसी बशर के गले में हम।

है फख्र हमें इस बात का, है गर्व अपनी खुदी पे,
खड़े हैं और रहेंगे भी हर किसी के भले में हम।

तर्क-ए-मुहब्बत से जो हुआ हासिल वो हम भी देखेंगे,
कभी आएंगे तेरे शहर जब किसी सिलसिले में हम।

इक चुभन दर्द के साथ उठ आयी है आज दिल में,
अफसोस कि उस बेवफ़ा से आज फिर मिले हैं हम।

जा, तेरी हर खता मुआफ़, तुम ही नहीं हो जालिम,
तेरी तरह हैं और भी जिन्हें दुनिया में मिले हैं हम।

63. तलाश

तेरा ख्याल महज ख्याल होता तो क्या था,
रिश्ता रूह तक जुड़ा न होता तो क्या था।

देखते हैं तेरे शहर की ओर जाती हुई राहें,
टकटकी बांधे हुए हैं कुछ तलाशती निगाहें।

कदमों के निशान रह गए निशानी बन कर,
रह गया अपना मिलन एक कहानी बन कर।

मैं करता नहीं शिकायत, इक इंतजार तो है,
दिखते हो कैसे, रंग-ओ-रूप बरकरार तो है।

नई खिंची हुई कोई तस्वीर है अगर तो भेज,
किसी ग़ैर के हाथ सही, अपनी खबर तो भेज।

तस्व्वुर[1] में तेरे आह भरते हुए ज़िंदा है कोई,
क़फ़स में छटपटाता हुआ क़ैद परिंदा है कोई।

हुई मुद्दत मेरे हमदम तुझे मेहमाँ किये हुए,
शाम-ए-ज़ुल्फ़, चमन-ए-खिरामाँ[2] किये हुये।

चिरागों से उनके बुझने का सबब कभी तो पूछ,
दिल-ए-अफ़सुर्दा[3] पे क्या गुजरी, कभी तो पूछ।

यह दौर-ए-आलम यह ग़मज़दा सी कशिश क्यों,
तन्हाई आती है मेरे पास ले के ये खलिश क्यों।

ग़म-ए-लम्हात की तशद्दुद[4] में सबर कौन करे,
ऐ मुहिब[5] मेरे हालात की तुझे खबर कौन करे।

---

1. किसी के ख्याल में, 2. बाग़ की सैर, 3. बुझा हुआ, 4. जुल्म, 5. प्रियतम

64. तेरे नाम कर जाऊंगा

अबसार-ए-नीमकश[1] के अज़ाब[2] जज्ब[3] कर जाऊँगा,
मुअय्यन[4] है अशुफ्ता[5] दिल को अज़ब[6] कर जाऊँगा।

इतना भी कातिलाना निग़ाहों से न देखा कीजै,
तेरे चश्म-ए-मयगूँ[7] की कसम मैं सिहर[8] जाऊँगा।

पहरे दिल पे बिठा लो, अपने जज़्बात[9] सम्भालो,
बाद-ए-सबा[10] के मानिंद[11] मैं रूह में उतर जाऊँगा।

चश्म-ए-पुर-आब[12] से न देख कुछ कसक होती है,
मैं ता-हयात[13] तिरे चश्म-ए-नम[14] में ठहर जाऊँगा।

लब-ए-मोजिज़-नुमा[15] है मुअम्मा[16] यहाँ सबके लिये,
तेरे लबों पे बन के मैं कोई लफ़्ज़ ठहर जाऊँगा।

मयकश[17] लबों की जुम्बिश-ओ-आतिश[18] के सदके,
बाहों की बंदिश ढीली करो, मैं पिघल जाऊँगा।

दिल-ए-आतिशफिशां[19] की चिंगारी भभक जाने दो,
अब्र-ए-इश्क[20] हूँ तेरे वजूद[21] को तर कर जाऊँगा।

आकर देख किस कदर तेरा नाम पुकारता हूँ मैं,
क़सम है रांझा या मजनूं को मात कर जाऊँगा।

इतने करीब न आओ थोड़ा फासला भी रहने दीजै,
लगता है डर कि मैं तेरी आगोश में मर जाऊंगा।

मैं पसोपेश में हूँ तुझको देखूं या तुझसे बात करूं,
आगोश-कुशा[22] हो यूँ तो उम्र तमाम कर जाऊँगा।

हुस्न-ए-मुज्जसम[23] यह शबाब-ओ-अन्दाज[24] के चर्चे,
मैं लिख के अशआर[25] सब तेरे नाम कर जाऊँगा।

---

1. अधखुली आंखें, 2.यातना, 3. सहन, 4. निश्चित, 5. व्याकुल, 6. कुआंरा या ताजा, 7. शरीबी आंखें, 8. रोमांचित 9.भावनायें, 10. सुबह की ताजी हवा, 11. तरह, 12. नमी से भरी आंखों से देखना, 13. उम्र भर के लिये, 14. आंखों की नमी, 15. चमत्कारिक होंठ, 16. पहेली, 17. नशीले, 18. गर्मी और हरकत, 19. आवेश से भरा दिल, 20. इश्क का बादल, 21. बदन का जर्रा जर्रा, 22. आलिंगन के लिये खुली बाहें, 23. हुस्न से भरा जिस्म, 24. जवानी के अंदाज़, 25. शब्द

65. तुझसा कोई नहीं

चलते रहने का शौक़ ये कहाँ ले आया हमें,
नाम ले कर सरे-बाज़ार किसने बुलाया हमें।

इस अज़नबी शहर में अपना तो कोई न था,
बाहें फैला कर यह किसने गले लगाया हमें।

ये किसकी ज़ुबाँ पर आया मेरे महबूब का नाम,
किसने छेड़ा है भरता ज़ख्म किसने रुलाया हमें।

मुस्तकबिल बन के सामने वो माज़ी आ गया,
किसी गुस्ताख़ ने रास्ता ग़लत बताया हमें।

विरह की वेदना से भर देता है जो नग़मा,
ऐसा क्या गिला था जो वो ही सुनाया हमें।

कई लोग मेरे सामने इस राह से गुज़र गये,
हर आदमी उस भीड़ में दिखा पराया हमें।

कांधे पे सर रख दें या गेसुओं की छाँव हो,
मुद्दत हुई न खुद आये न ही बुलाया हमें।

सब अज़नबी हैं अपना कोई तरफ़दार नहीं,
यह किस नक़ाबपोश ने अपना बताया हमें।

मैं बरसों सफर में एक घनी छाँव ढूंढता रहा,
तेरे वगैर न दो घड़ी कहीं सकून आया हमें।

ज़माने में तेरी तस्वीर लिए फिरते रहे बरसों,
पर तुझसा कोई नहीं सबने यही बताया हमें।

66. वज़ह-ए-फ़िराक़

यह दौर कि सहारा बाहों का नहीं दीवारों का है,
देखो यह इम्तिहान मेरे दोस्तो तुम सारों का है।

दिल-ए-वीराँ यह मंज़र लूटने वालों की बदौलत,
दफ़अतन[1] यह काम तो मोतबर[2] पहरेदारों का है।

ख़ंजर की क्या औकात जो ज़िगर के पार होता,
ज़ख्म-ए-तग़ाफ़ुल[3] यह काम तो मेरे यारों का है।

मखमली सेज़ कहाँ वो बाहों के सिरहाने भी गये,
जुदाई-ए-हालात में मुदावा[4] कौन बेसहारों का है।

मैं सफ़ीना[5] गहरे समंदर में खुद उतार के लाया हूँ,
मेरी हिफ़ाजत का जिम्मा लहर-किनारों का है।

यह जनाजा आशिक का है ज़रा धूम से निकले,
उनकी गली से गुजरना ज़िम्मा तुम चारों का है।

रिंदों और परिन्दों का ठिकाना न पूछ ऐ साकी,
शौक साहुकाराना है मगर मसला गुज़ारों का है।

यह झाँझर की छनछन ये आहट हम पहचानते हैं,
वो देखने आये हैं शायद क्या हाल बीमारों का है।

आओ कि चलें मयकदे में इंतज़ार साक़ी को है,
आखिर वही अब खैर-ख्वाह हम लाचारों का है।

मेरे साक़ी ये बता मैं ग़लत कहाँ मेरा दोष क्या,
तख़य्युल[6] है वज़ह-ए-फ़िराक़[7] मेरे सितारों का है।

---

1. अचानक, 2. जिम्मेदार, 3. जानबूझकर की जाने वाली उपेक्षा, 4. इलाज़, 5. समुद्र, 6. ख्याल, 7. विरह का कारण

67. वक़्त का ख़ंजर

पल भर के लिए वो मंजर निग़ाहों से गुज़र गया,
फिर ये वक़्त का ख़ंजर मेरे ज़िगर में उतर गया।

हम वक़्त के साथ खुशी से समझौता कर लिये थे,
वोह शर्त-ओ-करार से बेहया, बेमुराद मुकर गया।

हम बेमौसमी बारिश या मेहमान बिन बुलाए न थे,
हम से नज़र मिली तो उस का चेहरा उतर गया।

मैं तैरा नहीं समंदर की लहरों के साथ बहता रहा,
उसे क्या हुआ मुझे देख के किस बात से डर गया।

दीदा-ए-मस्ती[1] हमारी उन्हें गवारा न हुई एकबारगी,
मायूसियों से दामन भर, दिल दर्द-ए-निहाँ[2] कर गया।

जो माज़ी[3] के सिलसिले थे जमा ज़हन-ओ-जुबान पर,
वो राज़दार बेहयाई से उन्हीं की नुमाइश कर गया।

वो सैयाद-ए-संगदिल[4] मिलता रहा अपनों के भेष में,
छीन के रुख़्सार-ए-शादमानी[5] शब-ए-हिज्रां[6] कर गया।

उन्हें समझाता कोई मग़र ज़ाहिद-ए-आलम[7] न मिला,
वो नादानी-ए-हालात में इक ग़लत फैसला कर गया।

चलो सामान समेट कर विदा लें इस शहर से आज,
ज़माना हुआ उनके लिए तो कभी का मैं गुज़र गया।

हलक से उतरेगी आज, नज़रों से न मय नसीब हुई,
कौन समझेगा दास्ताँ मैं कौन से ग़म में मर गया।

---

1. आंखों में छाई हुई मस्ती, 2. छुपी हुई दर्द, 3. बीता हुआ समय, 4. पत्थर दिल शिकारी, 5. चेहरे की खुशियां, 6. विरह की रात, 7. वो बुद्धिमान व्यक्ति जो सांसारिक बुराईयों से दूर रहता है

68. वो शख़्स

वो शख्स जो सबकी नजर से दरकिनार सा है,
वो बिखर चुका मगर दिखता बरकरार सा है।

बरसों बिताए हैं जिंदगी के जहाँ पे रात-दिन,
उसी में आजकल वो इक किरायेदार सा है।

जो जले तो रौशनी नही बुझे तो नहीं धुआँ,
खंगालिये न राख अब वो बुझे अंगार सा है।

यह आदम की दुनिया है, फरिश्तों की नहीं,
फिर भी वो शख्स खुद से क्यों शर्मसार सा है।

करता है बातें वो अपनी तन्हाई से अक्सर,
भटकती निगाहों को जैसे कोई इंतजार सा है।

फुरसत मिले कभी तो उसका हाल पूछ लेना,
सुनते हैं कुछ दिनों से शायद बीमार सा है।

दवा तो करता है वो अपनी मर्ज की लेकिन,
दीदार-ओ-दुआ का भी उसको इंतजार सा है।

इधर तवील-मुद्दत[1] से वह दिखाई नहीं दिया,
शब-ओ-रोज़[2] चश्मे-नम[3] को इंतजार सा है।

दैर-ओ-हरम[4] में अदा किए सज़दे-नमाज़ उसने,
सारा आलम उसके लिये परवरदिगार सा है।

आज हंसते हुए निगाहें यकायक छलक गयीं,
उस के जिगर पर अनकहा कोई भार सा है।

1.बहुत लम्बे समय से, 2.दिन-रात, 3. गीली आंखें, 4.मंदिर-मस्जिद

69. याद तक नहीं

कहा था फिर मिलेंगे मिले आज तक नहीं,
लगता है रहा है वादा उन्हें याद तक नहीं।

कहते थे कि रह सकेंगे हरगिज़ न दूर हम,
बरसों गुज़र गये हैं हुई मुलाकात तक नहीं।

खामोशियाँ तेरे लबों पर देखीं न थीं कभी,
बदले हालात यूँ कि होती बात तक नही।

मुलाकातों का मौसम न जाने कहां गया,
हुई मुद्दतें हुई प्यार की बरसात तक नहीं।

वो पल कि जिसमें मुहब्बत जबाँ थी कभी,
वो लम्हे जो खास थे रहे याद तक नहीं।

कई लम्हे हैं यादों में जो अब तक बसे हुये,
कि भुला सके हैं हम जिन्हें आज तक नहीं।

मौत के सिवा भी शायद कोई हालात होंगे,
बचते जिंदा जिसमें कोई जज़्बात तक नहीं।

मुबारक उन्हें तुम्हारे हर पल की नजदीकियां,
मेरे नसीब में अब कोई दिन-रात तक नहीं।

यह भी क्या कसम है जो हर बार टूटती है,
लायेंगे अपनी जुबां पर तेरी बात तक नहीं।

कहते-सुनते हैं खुद अपने दिल की दास्तां,
मिले उन्हें हमारी कभी शिकायत तक नहीं।

70. यूँ कि बस

महफ़ूज़ है आज भी अक्स-ए-दीदार यूँ कि बस...
ग़म-नसीब का फ़कत वो ग़मख़्वार यूँ कि बस...

मुद्दा जो दरमियाँ था कहने की नहीं इजाज़त,
मगर आता जुबाँ पे ज़िक्र हर बार यूँ कि बस..

चश्म-ए-नम से वक़्त-ए-रुखसत देखा किये,
मुड़-मुड़ के इस क़दर कई बार यूँ कि बस...

क्या कहियेगा कैफ़ियत[1] क्या करेंगे गुफ़्तगू[2],
पस-ए-पर्दा हैं, खफ़ा भी इस बार यूँ कि बस...

हालात-ए-हाज़रा[3] से मेरे वो रहेंगे बेखबर,
बन्द है ख़त-ओ-किताबत[4] इस बार यूँ कि बस..

जायें भी उनके सामने तो जायें किस तरह,
फिरते हैं ले के नज़रों में कटार यूँ कि बस...

दिल मे छुपे बैठे हैं वो ज़माने भर के लिए,
अंदाज-ए-पर्दादारी[5] है मेरे यार यूँ कि बस...

उनके बगैर हुआ सब कुछ बंजर-कदीम[6] यहाँ,
उनसे ज़ीस्त-ओ-जाँ[7] थी लाला-ज़ार[8] यूँ कि बस...

फ़ुरक़त[9] में किसी बात पर करते तो होंगे याद,
ज़हन में है वो आशिक-ए-किरदार[10] यूँ कि बस...

वक्त-ए-रुख़सत लहरा के हाथ कहे कि फिर मिलेंगे,
किया है हमने बरसों इंतजार यूँ कि बस...

हुई मुद्दत कि चश्मबराह[11] पुरआब[12] ग़मज़दा[13] भी,
है आज भी उनके वादे पे ऐतबार यूँ कि बस...

मंज़र-ए-महजूरी[14] कि रू-ए-दरख्शां[15] बदहाल,
शक्ल-ओ-सूरत सबूत-ए-मजार[16] यूँ कि बस...

फासला मुद्दतों का है उनकी जुदाई के बीच,
अक्स इस कदर है ताजा मेरे यार यूँ कि बस,

मुस्कराते हैं अश्कों को जबरन छुपा के मग़र,
होता है गुस्ताख़ आँखों से इज़हार यूँ कि बस..

हकीकत यह कि जिंदगी बरसों की नहीं है अब,
लटकी हुई है सर पर तलवार यूँ कि बस...

---

1. विशेष सुखद घटना, 2. बातचीत, 3. जो वर्तमान में हो रहा हो, 4. पत्राचार, 5. पर्दे में रहने का अंदाज़, 6. वह जमीन जिस पर बरसों से बीजा न गया हो, 7. जीवन 8. भरपूर, 9. जुदाई, 10. आशिक का रूप, 11. रास्ते पर लगी हुई आंखें, 12. नम, 13. ग़मग़ीन 14. विरह मे हुआ हाल, 15. चेहरे की रौनक, 16. जैसे कोई कब्र हो

71. यूँ न हो जाये

इंतज़ार-ए-इंतिहाई[1] से कहीं परेशाँ न हो जाये,
हिज्र-ए-यार[2] कहीं अज़ाब-ए-अलीम[3] न हो जाये।

कुमल्हाये हुए से पर-ए-गुल[4] बेमज़ा रंग-ओ-बू,
मिज़ाज-ए-खिज़ाँ[5] कहीं सू-ए-चमन[6] न हो जाये।

इनायत वो चीज है जो शब-ओ-रोज़ नहीं होती,
दीदार-ए-यार भी कहीं ईद का चांद न हो जाये।

फरेब-ए-वफ़ा[7] सज़ा-ए-ताज़ियाना[8] से कम नही,
गर्क-ए-अरमान[9] ये दिल कब्रिस्तान न हो जाये।

शर्म-ओ-हया के गहने अभी तक पहने हुये हैं वो,
किस्सा दरमियाँ है जो सर-ए-वाम[10] न हो जाये।

मेरी आवारगी की इंतिहा उसके दर पे खत्म हुई,
चमन ख़िरामाँ[11] रहें, दौर-ए-खिजाँ[12] न हो जाये।

लबों पे निखरी रहे तबस्सुम[13] यूँ चान्दनी बन के,
रहे महफ़ूज़ रौनक़-ए-रुखसार[14] रवाँ[15] न हो जाये।

सकूँ[16] की चाह में बढ़ते रहें ये कदम न रुकें कहीं,
मन्ज़िल-ए-मक़सूद[17] अभी दूर, शाम न हो जाये।

हम बाबस्ता[18] हैं जिंदगी के अहम मुद्दों से अभी,
पुर असरार[19] है जो मुद्दा, सर-ए-आम न हो जाये।

मैं खुश नसीब हूँ कि अब तेरे दर पे पहुंच गया,
दुआ कि तेरे सिवा कहीं और मुक़ाम न हो जाये।

---

1. हद से ज्यादा इंतज़ार, 2. यार का वियोग, 3. महा दुख, 4. फूल की पंखुड़ियां, 5. पतझड़ का इरादा, 6. चमन की ओर, 7. वफा में धोखा, 8. कोड़े मारे जाने के दण्ड जैसा, 9. अरमानों का दब जाना, 10. भेद का खुल जाना, 11. बाग की सैर, 12. पतझड़ का मौसम, 13. मुस्कान, 14. चेहरे का नूर, 15. विदा, 16. राहत, 17. गंतव्य 18. उलझे हुये, 19. राज़

72. यूँ न हो तो क्या हो?

सुलगती हुईं ये जिंदगी धुआँ-धुआँ न हो तो क्या हो?
बन के राख बिखरी हुई, यहाँ वहाँ न हो तो क्या हो?

इंसाँ की हर नस्ल में यह ज़हर घोलती हुई तालीम[1],
ज़हरीला हुआ ये इंसान कटा-बंटा न हो तो क्या हो?

खोखली बुनियाद की इमारत खड़ी रहेगी कब तक,
इस हाल में इंसानियत गिरता मकाँ न हो तो क्या हो?

यह कैसे हालात इंसान ने खुद ही पैदा कर लिये हैं,
अपने ही बोझ से दबा, झुका-झुका न हो तो क्या हो?

यह वक्त जमाने भर के सब कारनामों का गवाह है,
यह सब देख-देख कर अब बेज़ुबाँ न हो तो क्या हो?

आफ़रीन[2] उन्हें जो काँटों भरी राहों से गुज़र गये,
बन के लोकगीत कोई ज़ुबाँ पे न हों तो क्या हो?

कोई बुत हो या इन्सान जिसे पूजा गया हो बरसों,
दुनिया के लिये बन चुका भगवान न हो तो क्या हो।

गुरुर-ओ-ग़फ़लत[3] में सलीका चलने का भूले अगर,
ठोकर-ओ-चोट खा कर लहूलुहाँ न हो तो क्या हो?

जो दुनिया में आकर इसको ख़ुशनुमा न कर सके,
उनका नाम-ओ-निशाँ जहाँ से मिटा न हो तो क्या हो?

उम्र-ए-दराज़ के तजुर्बे कुछ कह दिये कुछ लिख दिये,
सबूत-ओ-गवाह बन के हमज़ुबाँ[4] न हो तो क्या हो?

---

1. शिक्षा, 2. शाबाशी, 3. अंहकार और बेपरवाही, 4. सहमति में साथ देना

73. चले गये

शाखाओं पर गुंचे चंद रोज रह कर चले गये,
बहारें फिर से आयेंगी यह कह कर चले गये।

मौसमी हवायें लायीं थीं सावन के बादलों को,
कुछ रोज़ फ़लक की बाहों में रह कर चले गये।

सागर ही थी मन्जिल वोह कब तक रुके रहते,
वो पोखर नहीं इक नदिया थे बह कर चले गये।

अंधेरों से डर के अपनी फितरत न बदल लेना,
बुझते चराग जुगनुओं से कह कर चले गये।

मौसम बदला तो हम काबिल-ए-दरख़्त न रहे,
टूटते हुये पत्ते शाख से ये कह कर चले गये।

अपना ख्याल दिल में मेरे छोड़ गये और खुद,
हाथ हिलाया और अलविदा कह कर चले गये।

ग़म-ए-दिल रहा हिज्र में ताउम्र मेरे साथ साथ,
वो मुस्कराये, 'खुश रहो' ये कह कर चले गये।

छुपे रहने की तरकीब न सीख सके अरमान मेरे,
यूँ ज़ाहिर हुये कि अश्कों में बह कर चले गये।

ग़ज़ल में हमने तो अपना दर्द-ए-ज़िगर कहा था,
अंदाज़-ए-सनम कि 'वाह वाह' कह कर चले गये।

शादाब क़ाफ़िया रदीफ़ ही मिलाते रहे और वो,
निग़ाहों निग़ाहों से ग़ज़ल कह कर चले गये।

74. प्यासा

अज़नबी सा हमसफ़र कहूँ या कोई भी नाम दे दूँ,
मेरा इख़्तियार है हर बार नयी उमंग से पुकारूँ।
तेरी रानाईयों का ज़िक्र मेरी रुबाइयों में आ रहा,
तुझे नज़र न लगे, नज़र मैं अपने ढंग से उतारूँ।

संयोग ये क्या हम जहां गये आखिर तुम्हे वहीं पाया,
मगर तुम्हारी गली से आज हम ही कतरा के निकले।
अलहदगी और मिलन की घड़ियों का हिसाब इतना,
हमने कनखियों से देखा जब तुम घबरा के निकले।

तुम्हारी कमी के हमारे दर-ओ-दीवार भी गवाह हैं,
दीवारें तुम्हारी भी मरहूम हैं किसी तस्वीर के बिना।
तकदीर हमारी ने भी सीधे मुहँ बात न की हमसे,
हथेली तुम्हारी भी रही सूनी इक तहरीर के बिना।

इसे मुकद्दर का खेल समझ के करते हैं हम तसल्ली,
तुम भी इस कहानी को किस्मत का रक्स कहते हो।
हम महफिलों में खूब हंसते हैं, सबको हँसाते भी हैं,
देखा गया है कि सामने सबके तुम भी मस्त रहते हो।

कहानी किताब में और ज़िल्द कोई और दिखाते हो,
शरह जमाने की हमने भी खूब अच्छे से सीखी हुई है।
हर शय से निपटने की महारत हासिल की हुई है तुमने,
तल्खियाँ देख जमाने की जुबाँ हमारी भी तीखी हुई है।

वक्त के आखरी लम्हें तक इन्तजार की इंतिहा न हुई,
हम इंतजार करते रहे कि तुम्हारी जुबाँ से हाँ निकले।
जानते तुम भी हो कि तेरे सितम कितना असर किये,
इस बात पे हैराँ भी हो हम कितने सख्त जाँ निकले।

वाज़िब है कुछ बातें कही न जायें तो अच्छी लगती हैं,
मुखरता जरूरत से ज्यादा न तुम्हें पसन्द न हमें ही।
सिली जुबाँ से रहो, बात इशारों में करो तो अच्छा,
लफ़्जों के बोझ से आज़ाद खुद को भी रखो, हमें भी।

बहुत बोलती हैं तुम्हारी निग़ाहें इन पे इख़्तियार रखो,
मुझे मजबूर न करो कि मैं तुम से नज़र बचाता फिरूँ।
तेरी मुस्कराहट के तूफ़ाँ में उड़ जाती मेरी निगरानियाँ,
कसम टूटने को बैठी तैयार इसे कब तक मनाता फिरूँ।

तल्खियाँ जमाने की मुहँ चिढ़ाती हैं हम पे भी इधर,
उधर तुम भी उनके उल्हानों का शिकार दिखते हो।
सेहत हमारी भी गम-ए-इश्क के मारों सी हो गयी,
उधर तुम भी शक्ल-ओ-सूरत से बीमार दिखते हो।

इश्क़ ख़ामोश रहा तमन्नाओं ने सर झुकाये रखा,
हुस्न भी अपनी मजबूरी में क़ैद अपनी हदों में रहा।
पैमाना लबों तक आ भी सकता था मग़र नहीं आया,
उस मयकश का नसीब कि प्यासा मयकदों में रहा।

75. हिजाब में रहा

पलकें झुकी रहीं चेहरा भी छुपा हिजाब में रहा,
इशारों में लिपटा इक राज़ उस के जवाब में रहा।

उखड़ी नज़र में शिकवा ज़ाहिर सी बात थी,
मग़र दोस्ताना लहज़ा उस के शबाब में रहा।

इक ख़लिश उसकी तर्ज़-ओ-अंदाज में देखी,
जैसे चुभता हुआ कांटा उस के क़बाब में रहा।

मुहब्बत के रोजनामचे का लेखा दिखाया हमें,
हमारी तरफ़ इक बोसा उस के हिसाब में रहा।

पसे-पर्दा थे, दीवार-ए-चिलमन जरा सी हटी,
निग़ाह तो मिली मग़र तबस्सुम नकाब में रहा।

वो हवा के झोंके की तरह आये और चले गये,
अक्स दिल पे छाया जो उस के शबाब में रहा।

है सरगम या रागिनी उस कुंदन-बदन में जैसे,
खुश-आवाज़ का आलम ताऊस-ओ-रबाब[1] में रहा।

नूरानियत की बौछार में जाँ भिगो के आया हूँ,
किस्सा बयाँ क्या करूँ जो उस के सवाब[2] में रहा।

कोई इश्क की रँगीनियों में खो कर रिन्द हुआ,
कोई मजबूरी-ए-दहर[3] में ख़ानुमाँ-ख़राब[4] रहा।

अवाक हैं निग़ाहें, बेलफ़ज है जुबाँ की कुव्वत,
शादाब की क्या कहूँ जो उस के ख़िताब में रहा।

---

1. प्रतीकात्मक संगीत, 2. यथार्थ, 3. सांसारिक मजबूरी, 4. बर्बाद

76. तीर-ए-नज़र

अज़ब न था मैं तेरी नीमवाज़[1] आँखों का दीवाना होता,
ताज्जुब न था शमाँ की लचकती लौ का परवाना होता।

इस बार मौसम-ए-खिजाँ[2] रहा, अब्र-ए-मेहरबाँ[3] न हुआ,
अगरचे गुल खिले होते, यहाँ भी मौसम सुहाना होता।

सदा-ए-एहतिजाज[4] को बहरहाल तवज्जो न दी उसने,
याद-ए-रफ़्तगाँ[5] नहीं शादमान[6] अपना भी जमाना होता।

मैं कहाँ तक तूफ़ाँ से लड़ता कि रौशन चराग रहते,
न तीरगी[7] सैयाद होती न ज़ीस्त[8] में वीराना होता।

तारों को गिन के क्यों मैं तकिये पे हिसाब लिखता,
हम चैन से सोये होते जो बाहों का सिरहाना होता।

अंधेरा तो हजारों ख्वाहिशों की परछाईयों का था,
दीया तो तब जलाता अगर पहले से जला ना होता।

बिस्तर में सिलवटें तो करवटें बदल बदल के पड़ीं,
रात नींदों में गुजरती अग़र उन से मिला ना होता।

मुख़्लिस-अंदाज़[9] रहे हम राहज़नी[10] का शिकार हुये,
मुग़लते[11] में न आते अग़र मिज़ाज पहचाना होता।

यह भी क्या शिकायत कि मैं गर्मजोशी से न मिला,
उसे बाहों में भर लेता अगर जरा सा वीराना होता।

ज़ालिम के तीर-ए-नज़र की ज़द में खुद ही आये हम,
यह दिल शादाब ही रहता 'गर हम को बचाना होता।

---

1. नशीली, 2. पतझड़ 3. बादलों की कृपा अर्थात वारिष, 4. सावधान रहने की चेतावनी, 5. बीती याद, 6. प्रसन्न, 7. अंधेरा, 8. जीवन, 9. श्रद्धावान, 10. लूटपाट, 11. धोखा

77. ठहर जाऊँ कैसे

तेरे पोशीदा ख्वाबों का पार पाऊँ कैसे,
मैं दिल-ओ-जाँ तुझपे वार जाऊँ कैसे।

बताओ इस खेल का हश्र क्या होगा,,
तुम भी न जीतो, मैं हार जाऊँ कैसे।

तेरा सिवा है कौन इस कहानी का मर्कज़[1],
किसी और को अब किरदार बनाऊँ कैसे।

होगा तेरा इशारा रूहानी रमज़ लेकिन,
जिस्मानी जाल से खुद को बचाऊँ कैसे।

झीनी सी दीवार है जिसके पार हो तुम,
यह खुद गिरे तो गिरे मैं गिराऊं कैसे।

आओ न, अपना हाथ बढ़ाओ खुद ही,
या तू ज़रिया बता तुझे बुलाऊँ कैसे।

जुबाँ मजबूर है लफ्ज अधूरे से लगें,
तुझसे भी वो ही बात बुलवाऊँ कैसे।

नज़र उठा के देखूँ यह बदगुमानी है,
मसला यह भी कि नज़र हटाऊँ कैसे।

दाग दामन पे लगने को तैयार हैं बैठे,
पाकीज़गी दामन की मैं बचाऊँ कैसे।

यह उम्र तैयार है इंतज़ार करेगी यूँ ही,
मैं वक्त की रफ़्तार में ठहर जाऊँ कैसे।

1. केन्द्र

78. हमनफ़स

उस के लफ़्ज़ों में चाशनी सी है,
जुबाँ शीरीं आंख काशनी सी है।

नज़र में उसके मसीहाई है,
उस के चेहरे पर चांदनी सी है।

कुंदन बदल के वेष आया है,
महकते रूप में कांचनी सी है।

आसमाँ ने झूमर सजाया है,
ज़मीं के पैरों में पैंजनी सी है ।

बदलते मौसम की खबर है ये,
हवा के लबों पे रागनी सी है।

मरमरीं है ये मन्ज़र इतना,
जैसे झीनी चुनर बुनी सी है।

बादलों की नोकझोंक हवा से,
नाज़नीन से कहासुनी सी है।

दिल में रुह बन के रह रहा है कि,
ज़ीस्त ज़रिया-ए-रौशनी सी है।

बादे सबा में उसकी ताजगी है,
बदन में सिहरन सनसनी सी है।

अज़ीम शख्स मेरा हमनफ़स है,
परवाज़-ए-शादाब हंसनी सी है।

79. सम्भाला जाऊँ

तेरी नीमवाज़ आँखें देखूँ, बहक जाऊँ, सम्भाला जाऊँ,
महफ़िल से उठ आया इससे पहले कि निकाला जाऊँ।

मेरी इश्तियाक़-ए-तिश्नगी[1] याँ तेरे बग़ैर कौन समझेगा,
मेरा ख्याल रखियेगा साक़ी दीवाना-वार[2] न टाला जाऊँ।

तू बादा-ख़्वार[3] नहीं तो बता यह आंखे मदहोश क्यों हैं,
खुमार-आलूदा[4] कर गये अब बता कहाँ मतवाला जाऊँ।

ज़ाहिर-दारी[5] न कर यह बता कि छलावा है कि बुलावा है,
मुग़ालता-ए-मुहब्बत[6] रहूँ जिन्दान-ए-रक़ीब[7] डाला जाऊँ।

चाहतों में बस गये, उन्हें क्या मिला आदत बिगाड़ कर,
रुसवा तो वोह भी होंगे अग़र बना के मुद्दा उछाला जाऊँ।

गौहर-अफ़्शाँ[8] जरा मेरी भी दरयाफ़्त पर निगाह रखना,
आबदार-ए-गौहर[9] बना कि सनम के गले मे डाला जाऊँ।

कर सकता है तो ऐ मौला उसके लबों को पैमाना कर दे,
मयकशी का दौर यूँ चले कि अब्र-ए-ज़ुल्फ़ से हाला[10] पाऊँ।

मुज़्दा[11] यही कि वो सरबस्ता[12] ही काबिल-ए-परस्तिश[13] है,
मैं आया हूँ बुझा दीया लेकर, जला दे कि उजाला पाऊँ।

बन्दिश-ए-वजूद हूँ तो मुमकिन है बेईरादा ख़ता होना,
ऐ बंदा-नवाज़ तेरे दस्त-ए-शफ़क़त[14] से सम्भाला जाऊँ।

वाज़िद[15] मेरी शादाब मोहब्बत महफूज़-ओ-जावेदाँ[16] रहे,
मैं जब तक रहूँ वजूद में अब्र-ए-बहाराँ[17] में पाला जाऊँ।

1. प्यास की उत्कंठा, 2. दीवानों की तरह, 3. शराबी, 4. नशे से भरा, 5. दिखावा, 6. मुहब्बत का धोखा, 7. दुश्मन की कैद, 8. मोती बरसाने वाला, 9. शानदार मोती, 10. शराब, 11. शुभ सूचना, 12. गुप्त भेद, 13. पूजनीय, 14. करुणामयी हाथ, 15. निर्माता अर्थात ईश्वर, 16. सुरक्षित व अनश्वर, 17. बरसती बहारें

80. शिकायत लिये हुये

निग़ाहों में हैं समन्दर की विरासत लिये हुये,
उफ़नते हुये दरियाओं सी बगावत लिये हुये।

ये मन्ज़र कि जुल्फों में उलझा हुआ हिज़ाब,
दीवार-ए-दरमियाँ की क्या हालत किये हुये।

निगाहों का अचानक टकरा के फिसल जाना,
दिल-ओ-जाँ पर क़ज़ा सी आफत किये हुये।

लो तलाश-ए-इश्क़ में तिरे दयार पर आ गये,
हम जन्मों की इंतिहा-ए-मसाफ़त[1] लिये हुये।

मुहब्बत का नग़्मा-ए-जाँ-फ़ज़ा[2] सुनायें क्या,
वोह हैं आंखों में और भी क़यामत लिये हुये।

कश्मकश का ये आलम सम्भाल के रखियेगा,
चाहतों के सिलसिले भी हिफाज़त किये हुये।

मदहोश लम्हों के किस्से जब लड़खड़ाये कदम,
वो पल कि लबरेज़ जाम-ए-मुहब्बत पिये हुये।

नेकदिल की गुनहगारी कि परवाने के माफिक,
शमाँ से जा के लिपटे अपनी शामत लिये हुये।

मैं महव[3] हूँ शक्ल-ए-जमील[4] की सन्नायी[5] में,
तुम हुस्न की पारसाई-ओ-हलावत[6] लिये हुये।

मुझे रंज है कुछ जिल्लत-ओ-रुसवाई[7] मिली,
वो फिरते हैं मेरे खिलाफ शिकायत लिये हुये।

---

1. सफ़र की समाप्ति, 2. सुंदर गीत, 3. तल्लीन, 4. रूपवान चेहरा, 5. सौंदर्य, 6. सदाचारी-मिठास, 7. अपमान और बदनामी

81. चश्मदीद लम्हे

कुछ चश्मदीद लम्हों की शिनाख्त लिये हुये,
कुछ दाग़ हैं मेरे पास इक शहादत लिये हुये।

बेशक वो मिलें आज तो कतरा के निकल जायें,
मैं मौजूदा सबूत हूँ खत-ओ-किताबत किये हुये।

बेशक वक्त के थपेडों ने हमें ख़ूब लूटा है फिर भी,
बचा रखे हैं मुट्ठी भर लम्हे सदाकत[1] लिये हुये।

काश जिन्दान-ए-जुल्फ से वक्त रहते रिहा होते,
अब गुज़र रही यह जिंदगी नदामत[2] लिये हुये।

इंतज़ार में पैवस्तगी-ए-ग़म[3] बढ़ता चला गया,
है आज भी दिल में जगह सलामत किये हुये।

हमने तो निशानियों की तरह जी हैं तल्ख़ियाँ[4],
हमनफस हमारे नाम है ये विरासत किये हुये।

मिलते हैं रास्तों पर ठोकर खा कर गिरे हुये,
ग़म किसी गुमशुदा की शिनाख्त लिये हुये।

निस्बत-इज़ाफ़ी[5] मुहब्बत का हासिल देखो,
हम जी रहे हैं दिल की मुरम्मत किये हुये।

वाह खूब कि यह किवाड़ चरमराया है आज,
आई है कज़ा[6] शायद मेरी जमानत लिये हुये।

दामन में मिरे आज एक लम्हा आ गिरा है,
चलो जश्न मनायें हुई मुद्दत मुसर्रत[7] किये हुये।

---

1. सच्चाई, 2. पश्चाताप, 3. गम का विस्तार, 4. कड़वाहट, 5. वो सम्बन्ध जो वास्तविक न हो, 6. मृत्यु 7. खुशी

82. साथ आऊँ क्यों

तेरी तनहाइयों में जा के बैठ जाऊँ क्यों,
मैं बेसाख़्ता दखलंदाज कहलाऊँ क्यों।

तेरी चाहतों के गुलशन का मैं गुल नहीं,
तेरी बेणी के ग़ज़रे में ज़गह पाऊँ क्यों।

तुम मेरी तरफ़ देखो और पशोपेश में पड़ो,
मैं भी अपनी सधी राह पे लड़खड़ाऊँ क्यों।

तारों के ख्वाब तुम्हारी निग़ाहों ने बुने होंगे,
मैं बन कर चाँद तेरे आसमाँ में आऊँ क्यों।

समन्दर-सराब दिल की प्यास न बुझा सके,
मैं तेरे शबनमी लबों से आस लगाऊँ क्यों।

जो लगे हैं सर पे मेरे वो इल्जाम सुने होंगे,
पुराने ज़ख्मों के भरे निशाँ दिखाऊँ क्यों।

सहरा में भटकते हुये जो तबाह हो गये,
वो बीती हुई कहानी फिर दोहराउँ क्यों।

शिखर, शिखा या शाख के परिंदे हो तुम,
यूँ ही कफ़स में डालूँ, तुम्हें सताऊँ क्यों।

मेरे भी साथ वक्त के साये हैं लिपटे हुये,
तुम्हें भी उठा के आईना दिखाऊँ क्यों।

तयशुदा है बिदाई, छोड़ के जाओगे फिर,
अलग राह के मुसाफिर साथ आऊँ क्यों।

83. लम्हा चुराऊँ क्यों

मैं तेरी सुरमयी शामों का हिस्सा पाऊँ क्यों,
तेरे ज़ाती लम्हों से कोई लम्हा चुराऊँ क्यों।

मैं तेरी पलकों के नर्म लिहाफ़ में जाकर,
बन के ख़्वाब उन्हें ओढ़ूं, सो जाऊँ क्यों।

तूने ख़्वाबों की तस्वीर में रंग भरे होंगे,
तेरे तस्व्वुर में रंग बन के घुल जाऊँ क्यों।

तेरी नींदों की शांत झील का कमल नहीं,
तेरी राह में फूल बन के बिखर जाऊँ क्यों।

मेरी रातों की खुशबूदार रातरानी भी नहीं,
मैं तारों की हसीन महफ़िल सजाऊँ क्यों।

तेरी गली से किसी रात न हो गुजरना मेरा,
मेरी आहटों से नाहक तुम्हें जगाऊँ क्यों।

तुम्हारे हसीन सपनों के सफरनामे पर,
टहलते हुये भी कहीं मिल जाऊँ क्यों।

लज्जाते हुये नाम ले के बुलाओ तुम,
मैं भी नाम तेरा लबों पे लाऊँ क्यों।

मिलो तो अनजान बन के गुजर जाना,
मैं भी हमसफ़र तुम्हें बनाऊँ क्यों।

मैं तूझे महफिलों में शर-ए-आम मिलूँ,
बे-बजह मुद्दा-ए-जिक्र बन जाऊँ क्यों।

84. तुम्हीं से पूछता हूँ

तुम्हें देखना मेरी बन्दगी तुम्हें सोचना प्रभात फेरी,
तेरा इक नज़र भर देखना नसीब मेरा सौगात मेरी।

तेरे साथ सफर-ए-हयात की हर राह फ़स्ल-ए-बहार है,
तू है चाँद मेरा तेरी चाँदनी में धुली हुई है रात मेरी।

तू दौड़ता रग-ओ-खूँ में है, तू समाया मेरे 'हूँ' में है,
तू धड़कता मेरे दिल में है, जान मेरी तू हयात मेरी।

मन बदन में है लहर तेरी तू छुपा हर सिहरन में है,
तू सींचता मैं भीगता हूँ, बस तू ही है बरसात मेरी।

सिलसिला कब शुरू हुआ, मामला किस वक़्त का,
तुझ से ही अब अंत मेरा तुझ से ही शुरुआत मेरी।

जुज़-ओ-कुल[1] में तू ही है, जुज़-ओ-कुल भी तू ही है,
बोल अपनी जुबाँ से बोल, ना कह सकेगी बात मेरी।

मेरी ज़िन्दगी के कारवाँ का तू ही है इक रहनुमाँ,
तेरे बिना हस्ती है क्या और क्या औक़ात मेरी।

मैं सजदों का हिसाब रख के क्या करूँगा ऐ खुदा,
तेरे हाथ में है फैसला क्या सज़ा क्या निज़ात मेरी।

मरकज़-ए-ज़ीस्त[2] ढूंढने में भटकता रहा दर-बदर,
तू दे नज़र तो देख लूँ वरना क्या औकात मेरी।

धर्म क्या, ध्यान क्या, तुम्हीं से पूछता हूँ शादाब,
इबादत क्या, रियाजत[3] क्या, और क्या बिसात मेरी।

---

1. अणु और समस्त, 2. जीवन केन्द्र

85. चराग

जलता चराग़ हूँ रौशन बसेरा छोड़ जाऊँगा,
अगर बुझ भी गया तो सवेरा छोड़ जाऊँगा।

अपना तो कुछ था नहीं, न ले के जा रहा हूँ,
तेरे ही पास सब कुछ मैं तेरा छोड़ जाऊँगा।

सपनों का सौदागर था, तेरी गली में आया,
अपना कोई ख़्वाब सुनहरा छोड़ जाऊँगा।

मिटाना भी 'गर चाहो तो मिटा न सकोगे,
अक्स-ओ-असर कोई गहरा छोड़ जाऊँगा।

जलना लिखा नसीब में तो खुशी से जलूँगा,
घर में तेरे रौशनी का पहरा छोड़ जाऊँगा।

जज्बात-ओ-ख्यालों के तरन्नुम भरे नग़में,
ग़ज़ल में लिख के नाम तेरा छोड़ जाऊँगा।

ग़म की हो गर्दिश या स्याह रातों के साये हों,
उजालों से भर के दामन तेरा छोड़ जाऊँगा।

तू शक-ओ-शुबह से न देख यह वाजिब नहीं,
तू पाकीज़ा है दामन पाक तेरा छोड़ जाऊँगा।

मिलते रहो, दुआ सलाम भी करते रहा करो,
न मालूम किस रोज़ शहर तेरा छोड़ा जाऊँगा।

यह दुनिया कभी किसी की हुई न कभी होगी,
इक शादाब है उसे बना के तेरा छोड़ जाऊँगा।

86. वाह ही तो है

दिन रात चलाये रखती वो चाह ही तो है,
आशा से भरी भटकती निग़ाह ही तो है।

रंग मुहब्बत का सांवला भी हो सकता है,
मग़र दम्भ का रंग शुद्ध स्याह ही तो है।

वक़्त गया तो गया, जमा रख नहीं सकते,
बुझी आग से बचे शेष वोह स्वाह ही तो है।

हवा ने बदल लिया रास्ता तो क्या हुआ,
ज़ीस्त जन्म से मौत तक प्रवाह ही तो है

मुकाम मुहब्बत का चला है ढूंढने नादाँ,
खुदा की तरह यह भी अथाह ही तो है।

हींग लगे न फिटकरी बस जीभ हिलानी है,
मुफ्त में बांटते हैं जो वो सलाह ही तो है।

आत्मवान हो सकता है हर बशर लेकिन,
भूल गया औक़ात यह भी गुनाह ही तो है।

मेहमाँ की तरह रह लिया मैं इस ज़मीं पर,
कुछ वर्ष की यह मोहलत पनाह ही तो है।

भटका हुआ मुसाफ़िर जब लौटे वही ग़नीमत,
जब टूटे नींद, खुले आँख वोह सुबह ही तो है।

हौसला-आफजाई यूँ कि आसमाँ छुए शादाब,
तुम्हारी जुबाँ से निकली वो इक वाह ही तो है।

87. तेरे सिवा न था

नज़रों से नज़र का टकराना कोई हादसा न था,
देखिये, उस महफ़िल में कोई आप सा न था।

तुम्हारी जुबाँ पे शायद लफ़्ज़ अटके ही रह गये,
उस रोज़ तुम्हें भी हमसे तो कोई वास्ता न था।

भटका हूँ जिस को ले कर वो तेरी ही प्यास थी,
मालूम हमें तुम्हारी गली का रास्ता न था।

बरसों किसी अज़ीज निग़ाह की तलाश थी,
किसको अपना कहते कोई शाइस्ता[1] न था।

आवारा बादल ये दिल आज़ाद परिंदा सा था,
किसी भी ख़म-ए-ज़ुल्फ़ से कोई राब्ता[2] न था।

किस राह किस वक्त कहां मुलाक़ात होगी,
मेरे ख्वाब में दूर तक यह मो'जिज़ा[3] न था।

इश्क के यह बाब[4] हम सर-ए-आम खोल बैठे,
वैसे यह सब कहने का अपना इरादा न था।

मुतमइन[5] हूँ ज़िन्दगी से मेरे परवरदिगार,
वैसे इस जहाँ से चाहा कुछ ज्यादा न था।

बंदिश-ए-आ'ज़ा[6] हैं हम, इसकी आबरु रहे,
फ़रिश्तों के पास भी तो ऐसा लबादा न था।

अदब-आदाब, इंतिसाब[7] मेरे हुजूर तुझे सब,
इब्तिदा से इंतिहा[8] तक मेरा तेरे सिवा न था।

---

1. विनम्र, 2. संबंध, 3. करिश्मा 4. अध्याय, 5. संतुष्ट, 6. शरीर में आबद्ध, 7.समर्पण, 8. शुरू से अंत

८८. सो जाना चाहे

एक नया किरदार ग़ज़ल में आना चाहे,
बिखरा मोती माला में गुँथ जाना चाहे।

तेरे लबों पे उतरी जो मुस्कान मधुर सी,
लगता है ज्यूँ मेरे लबों तक आना चाहे।

छेड़े दिल के तार तुम्हारी उंगलियों ने,
साज में छुपी तरंग मुक्त हो जाना चाहे।

उड़ान प्रेम की मन का पँछी भरना चाहे,
अपने पँखो की ताकत अजमाना चाहे।

नियम पुराने देख बगावत करता दिल,
हो कर बन्धन मुक्त नया जमाना चाहे।

बीज पड़ा मिट्टी के नीचे मिट न जाये,
तोड़ पुराना खोल अंकुर बन जाना चाहे।

सफर में इक साथी मिल जाये तो अच्छा,
लौट के माझी नाव किनारे लाना चाहे।

ओस की नन्ही बूंद प्यास मिटा न पायी,
बारिश की बूंदों को साथ बुलाना चाहे।

जैसे दर्द के रिश्ते से कोई साँठ-गाँठ हो,
जिसको देखो वो ही साथ निभाना चाहे।

शादाब तेरी आग़ोश में इतना सुकून है,
ये किरदार तेरी बाहों में सो जाना चाहे।

89. तल्ख़ियां

तल्खी जान पे आयी है आज,
परछाईं पाँव में आयी है आज।

तुंद-ओ-तेज़ है वक़्त की धारा,
तूफ़ान बनी पुरवाई है आज।

चोट, ठोकरें बहुत खायीं न रोये,
लेकिन आँख भर आयी है आज।

उल्टी दिशा से चली कुछ यूँ हवा,
बूँद सैलाब बन आयी है आज।

सूरज ज़मीं के पीछे जा छुपा है,
कालिमा चाँद पे छायी है आज।

दौर-ए-गर्दिश में सभी ने पीठ फेरी,
हक़ीर[1] ने आँख दिखलाई है आज।

साये तक का भी यहां न साथ रहा,
तन्हाई इतनी गहरायी है आज।

ज़िन्दगी का अदद सबूत देखना था,
आईने को शक्ल दिखायी है आज।

इस तरह ज़िन्दगी ने मार डाला,
मौत खाली हाथ लौटायी है आज।

शादाब ज़माने से बेगाने हुये तो,
सैंकड़े में दिखी ईकाई है आज।

---

1. मामूली

90. गुनाह हुआ न करे

चराग़ है तो रौशनी दे, धुआँ न करे,
अनजाने में भी गुनाह हुआ न करे।

सार झुकने में है दैर-ओ-हरम में नहीं,
सर झुके तो झुके फिर उठा न करे।

सैंकड़ों हकीम हैं इस शहर में लेकिन,
बिगड़े नसीब की कोई दवा न करे।

मरहम नहीं तो जले पे नमक न डालो,
आँखों देख किसी का कोई बुरा न करे।

गुरूर-ए-ताजदारी[1] में मख़मूर[2] सुनो,
छाँव ढलती है ये अटल हुआ न करे।

हर चेहरे पे तबस्सुम की चांदनी फ़ैले,
किसी का उजड़े चमन, खुदा न करे।

सादगी से पेश आया करें तो अच्छा,
कोई तकल्लुफ हमसे बेबजह न करे।

चलो इक नई दुनिया ईज़ाद करें,
इंसाँ को देख जहाँ कोई डरा न करे।

नाजुक मिजाज़ हैं हम, ख़्याल रहे,
तल्ख़ जुबाँ से कोई कुछ कहा न करे।

ग़ज़ल पे दाद नहीं तो न सही मग़र,
मज़ामीन[3] पर सवाल खड़ा न करे।

---

1. सत्ता का अंहकार, 2. डूबे हुये, 3. विषय

91. मौजूद रहे

यह दौर-ए-अज़नबी अच्छा है यूँ ही मौजूद रहे,
मैं अपने सफर में खोया वो खुद में महदूद[1] रहे।

भावों को क्यों मैला कर लूँ अल्फ़ाज़ डाल कर,
दुआओं में हाथ उठे बस और खुदा मौजूद रहे।

ख्यालों की दौड़ती भीड़ के ग़ुबार में खो कर,
औरों से रहे बेख़बर खुद में ही मसदूद[2] रहे।

एक झलक की खातिर उसकी पहरों राह देखूँ,
वो न जाने किन मुद्दों को लेकर मशगूल[3] रहे।

कुछ अपने ख़्यालात तुम्हारे साथ बाँट लूँ,
मिट जायें जो अब तक शिकवे, हुदूद[4] रहे।

वक्त की अपनी गती वक्त का अपना विश्राम
शब-ओ-रोज कशमकश-ए-देर-ओ-जूद[5] रहे।

अगरचे दूर हो तुम तो नफ़स[6] आफत में आये,
सुकून ए दिल की क्या कहूँ जो तू शुहूद[7] रहे।

तेरी आमद, तेरी मौजूदगी भर काफ़ी है सनम,
इक बौछार चाँदनी की आबशार-ओ-रूद[8] रहे।

चाँद सितारों से घिरा है अगर तो फर्क क्या है,
फूल खिले, बस कहीं भी खिले नम-आलूद[9] रहे।

दे इश्क को लम्बी उम्र दे दिल को पूजा की आरजू,
शादाब तेरे साथ यह रिश्ता अब्द-ओ-मा'बूद[10] रहे।

---

1. सीमित, 2. बंद, 3. व्यस्त, 4. दूरियां, 5. देरी और जल्दी में तनातनी, 6. सांस, 7.उपस्थित
8. झरना और नदी, 9. नमी से लिप्त , 10. शिष्य - गुरु

92. मुहब्बत का मसीहा

डूबता सूरज किसी को राह दिखायेगा क्या,
दौर-ए-गर्दिश में साया साथ आएगा क्या।

जवाँ गुलशन में फूलों का थिरकना वाजिब,
मुरझाये फूल पे भँवरा गुनगुनायेगा क्या।

माना किसी निगाह में जाहिर सा चोर है,
इक लुटे कारवाँ का कोई चुरायेगा क्या।

चाल किसी परवाने की चले तो जलेंगे ही,
शौक़ शमाँ का हो तो कोई बचायेगा क्या।

ढाई अक्षर की डोर होती है नाजुक बहुत,
टूटे तो जिंदगी में बाकी रह जायेगा क्या।

यूँ ही किसी का हाथ न थाम के चल पड़ो,
भटका हुआ मुसाफ़िर राह बतायेगा क्या।

यहाँ की दीवारें भी चौकन्नी हैं धीरे बोलो,
न जाने यह जमाना सुनके सुनायेगा क्या।

इक बार ऐ काश हमने हाथ बढ़ाया होता,
यह सोचते रहे वो पास खुद आयेगा क्या।

हम भी तो अपने मुंह में ज़ुबान रखते थे,
यूँ ही लगा ली शर्त कि वो बुलायेगा क्या।

जो शख्स मुहब्बत का मसीहा हो शादाब,
उस शख़्स को जमाना भूल पायेगा क्या।

93. प्रेम पत्र

'ग़र कभी इधर से गुज़रो तो सूरत दिखा के जाना,
कुछ अपनी कहेंगे हम कुछ अपनी सुना के जाना।

बड़ी ताक़ीद से फ़रमाइश की है तिशनगी ने आज,
चलो एक बार फिर से आँखों से पिला के जाना।

महक रही है अमराई उन अम्बियों की खुशबू से,
जो गाते थे तुम सावन में वो गीत सुना के जाना।

याद हैं वोह जख्म पुराने जो ताजा हुआ करते थे,
भरे निशाँ दिखायेंगे तुम अपने दिखा के जाना।

अक्स जो तेरे वजूद का मेरे पास हुआ करता था,
महफ़ूज़ है पर धुँधला गया नया दिखा के जाना।

उम्मीद और ठिकाना हमने बदला नहीं है अब भी,
वादा था कि फिर मिलेंगे वो भी निभा के जाना।

वोह नदी किनारे वाला मन्दिर डूब गया पानी में,
कोई पुराना किस्सा तब का तुम भी सुना के जाना।

जाने पीली सरसों के कितने मौसम निकल गये,
फागुन जैसी चुनर हवा में फिर लहरा के जाना।

आज भी मेरे पास तुम्हारा कुछ सामान पड़ा है,
भिजवा दूँ, अभी रखूँ अपने पास बता के जाना।

कहने को तो हर माह आतीं हैं पूरे चाँद की रातें,
जो चाँद कभी था पहलू में वो चाँद दिखा के जाना।

94. नज़र की हद में रहो

शब-ओ-रोज़ देखूँ यूँ नज़र की हद में रहो,
दिल के करीब सदाओं की सरहद में रहो।

नाचती निगाहों में तरानों की तान भी रहे,
चमकते चाँद सा रहो, शद्द-ओ-मद[1] में रहो।

दीवानावार हम गुजरेंगे सौ बार तेरी गली से,
दिल की रौनक के सदके इसी सरहद में रहो।

पाक मुहब्बत का रंग तेरे रुख़सार पे दिखे,
जो बख़्शा खुदा ने तुम्हें उसी कद में रहो।

रौनक अफ़रोज़ है तुमसे दिल-ओ-जाँ मेरी,
मेरे ख्याल में भी तुम सदा अबजद[2] में रहो।

बेसाख़्ता कोई सवाल या तानाकशी भी करे,
नजरअंदाज कर के अपने मक़सद में रहो।

इस जमीं पर फ़िरदौस के वाशिंदे की तरह,
हसीनाओं में ज़ुलैख़ा सी मुस्तनद[3] में रहो।

तेरे जमाल के साये में ठहर जायें ख़यालात,
यूँ ही शादमान रहो, अव्वल अदद[4] में रहो।

तेरे लिये ज़ुबाँ पर हर वक़्त यह दुआ है,
फूलों की तरह खिलो, गौहर ज़बरजद[5] में रहो।

एक खुदा की खलकत का हिस्सा हो शादाब,
सबकी खुशी में शामिल सबके दर्द में रहो।

---

1. धूमधाम, 2. प्रथम, 3. प्रमाणित, 4. गिनती में प्रथम, 5. मोती माणिक जैसे

95. क्या ख़्याल है आज

सर-ज़मीन-ए-दिल में उनका ख़्याल है आज,
ज़मीं पे पाँव नहीं, मन उड़ता गुलाल है आज।

धड़कन पिया की याद में मुसलसल अज़ान दे,
किसी की याद में जगी आँख कुछ लाल है आज।

वो नज़र चुरा के तो गये मग़र पलट के देखेंगें,
यकीनन वो गिरेगी जो दरम्यां दीवाल है आज।

सूरत है माशा-अल्लाह ज्यूँ चमकते चाँद तारे,
कुछ और भी खिला सा रंगीं-जमाल है आज।

दिल बसन्ती है इश्क में तो कदमों में रक़्स है,
दोशीज़गी निखरी हुई, हुस्न कमाल है आज।

मैं क्या जवाब दूँ उसे 'ग़र कहीं वो पूछ बैठे,
कहिये जनाब आपका क्या ख़्याल है आज।

सिन्दूरी शाम जैसे भरी हो मांग आसमाँ की,
यह मन्ज़र भी यकायक हमख्याल है आज।

चाँदनी रात है आज चलो नौका विहार करें,
तेरी बाहों की कश्ती, चुनर की पाल है आज।

फ़िक़रा कसा, पलट कर हंसे फिर चल दिये,
ये अदा तो कोई कत्ल की नई चाल है आज।

तुझे ढूंढते रह जायेंगे वो तेरे इश्क में शादाब,
उनका वो हाल होगा जो तेरा हाल है आज।

96. क्यों करें

हम किसी की बेरुख़ी का गिला ही क्यों करें,
इतने बुरे हैं तो किसी से मिला ही क्यों करें।

अंजाम तक लाना जिसे हो नहीं मुमकिन,
कहिये तो ऐसा शुरू सिलसिला ही क्यों करें।

रहें वो अपने गुरूर में, वो उनकी सल्तनत,
जो राह नही हमारी उस पे चला ही क्यों करें।

जो मिले मिला के आंख भर ले बाज़ुओं में,
कहिये ऐसे शख्स से फासला ही क्यों करें।

तुनक-मिजाजी में जिन्हें रहने का शौक़ हो,
उस शख्स-ए-मग़रूर से मिला ही क्यों करें।

रखते हैं दोहरी नीतियाँ करनी-ओ-बयाँ में,
दिल को कहें जो पत्थर गिला ही क्यों करें।

ऊँचे हैं कद जिनकी है नाक और भी ज्यादा,
उनकी महफिलों में दाखिला ही क्यों करें।

परकोटे नीतियों के संस्कारों का बोझ भी,
उन से हम ख्याली का सिला ही क्यों करें।

वह खुशी ही क्या जो मुतअस्सिर है किसी से,
बैसाखियाँ किसी की ले के चला ही क्यों करें।

तलब मुसाफ़िरी की और डरते हैं कंकड़ों से,
इतने डरे हुये तो घर से निकला ही क्यों करें।

97. तन्हाई कम है

विरह कुनकुनी, तन्हाई कम है,
यकीनन इश्क में गहरायी कम है।

पाँव मयकश के सधे हुये हैं आज
शायद साक़ी ने पिलायी कम है।

बीमारी नहीं ये आज़ार-ए-इश्क है,
जहाँ में इस मर्ज़ की दवाई कम है।

तिश्नगी की इन्तिहा देखी कहाँ,
चाँदनी में तपिश वाक़ई कम है।

हाथ खाली, दिल-ओ-दामन खाली,
ज़िंदगी दांव पर लगाई कम है।

कौन चलेगा संग उस आदमी के
आचरण में ग़र सादगी कम है।

खुद-ब-खुद आता निखार रूह में,
शख्सियत ग़र बनावटी कम है।

उतर आता मौन ग़ैबी खुद-ब-खुद,
अग़र मन में खलबली कम है।

मिले इश्क का पार तो पल में मिले,
न मिले तो एक जिंदगी कम है।

साथ साँसों के उतर के मन मे देखा,
दिल हुआ शादाब बेक़ली कम है।

98. तुम्हारे अक्स

मेरी खामोशियों के घर तुम्हारे लफ़्ज़ आये हैं
मेरी तन्हाइयों के दर तुम्हारे अक्स आये हैं।

बुझी शम्माँ तो परवाने कहाँ का रास्ता लेते,
भटकते, फैसला लेकिन कोई बेसाख़्ता लेते,
ढली परछाईयाँ तो फिर उसी के पास आये हैं,
मेरी तन्हाइयों के दर तुम्हारे अक्स आये हैं।

मेरे है सामने मंदिर जहाँ पर कसम खायी थी,
मेरे हिस्से में भी कोई तुम्हारी शाम आयी थी।
मेरी आँखों मे जाने क्यों पुराने नक्श आये हैं,
मेरी तन्हाइयों के दर तुम्हारे अक्स आये हैं।

दफन छोटे से दिल में लाख पुराने राज रहते हैं,
दोबारा फिर से कोई बात हमीं से आज कहते हैं,
कोई गुज़रे ज़माने आज हमारे पास आये हैं,
मेरी तन्हाइयों के दर तुम्हारे अक्स आये हैं।

तुम्हारी याद में जागी उनींदी सी ये रातें हैं,
सवेरे याद करते जो विरह की ढेर बातें हैं।
मेरी दुश्वारियों के दिन उन्हें भी रास आये हैं,
मेरी तन्हाइयों के दर तुम्हारे अक्स आये हैं।

मेरी खामोशियों के घर तुम्हारे लफ़्ज़ आये हैं
मेरी तन्हाइयों के दर तुम्हारे अक्स आये हैं।

99. कुछ और कह लो

मेरी मुहब्बत को दास्ताँ न कहो, कुछ और कह लो,
अलबत्ता दिल-ए-दोशीज़ा[1] में आओ, ताउम्र रह लो।

खोये तो ऐसे हैं हम जहाँ अपनी खबर नहीं मिलती,
बेनाम-ओ-निशान तुम भी ग़र रह सको तो रह लो।

बेदाग नहीं, दामन पे छींटे हैं तान-ओ-तशनीअ[2] के,
जहाँ के साथ तुम भी कुछ कहना चाहो तो कह लो।

ज़ख्म देते हैं लफ़्ज़ जरा संभल के इस्तेमाल करो,
जरूरी नहीं, कभी खामोश भी रह सको तो रह लो।

इश्तियाक़-ए-दीदार[3] में उधर से दीवानावार[4] गुज़रे,
हालात-ए-दिल-शिगाफ़[5] क्या कहें, चुपचाप सह लो

विरह की ताबिश के आगे गर्दिश की कालिख क्या है,
बेसाख़्ता[6] अश्क उतर आते हैं आंखों से कि नहा लो।

मुहब्बत करने की सजा, मिज़ाज-ए-दहर[7] न पूछो,
सज़ा-ओ-जफ़ा याँ तक कि न मरो न जिंदा रह लो।

तेरे इरादे से अभी शगुफ्ता[8] हूँ मगर ऐतबार नही,
शाइस्ता[9] इश्क में आसाँ नहीं है शायद तुम रह लो।

मुहब्बत जिस्मानी[10] शिरकत[11] नही परस्तिश है[12],
तुम्हारा ख्याल 'ग़र और है तो अभी वक्त है कह लो।

तुम्हारे बग़ैर कोई और मेरे दिल-ओ-ज़हन में नहीं,
तुम भी अपने ख्याल कुछ कहना चाहो तो कह लो।

---

1. कुँआरा, 2. ताने व उपहास, 3. देखने की इच्छा, 4. दीवाने की तरह, 5. हरदय विदारक, 6. अचानक, 7. ज़माने का मिज़ाज, 8. खुश, 9. शिष्ट या सभ्य, 10. शारीरिक, 11. मिलन, 12.पूजा

100. कुछ और भी हूँ

आ'ज़ा[1] या जिस्म ही नहीं कुछ और भी हूँ,
नस्ल-ए-आदम ही नहीं कुछ और भी हूँ।

ख़ाक की खोली में किरायेदार हूँ बेशक,
सांसों का तिलिस्म नहीं कुछ और भी हूँ।

निगेहबान हूँ देख सकता हूँ हद से परे,
मैं इक चश्म ही नहीं कुछ और भी हूँ।

फर्ज के दामन में वफ़ा की चाशनी डालो,
मैं कोई रसम ही नहीं कुछ और भी हूँ।

आलम-ए-तन्हाई देखी है ज़िन्दगी में,
मैं सिर्फ जशन ही नहीं कुछ और भी हूँ।

सुखनवर भी हूँ, दीदावर भी हूँ फिर भी,
खुनुकी-ए-चश्म[2] ही नहीं कुछ और भी हूँ।

अपनों बेगानों से जो घिरे रहें हरदम,
रौनक़-ए-बज़्म ही नहीं कुछ और भी हूँ।

बना हूँ, बिखरा हूँ, जन्मा हूँ, मरा हूँ,
आँख का भरम ही नहीं कुछ और भी हूँ।

हज़ार नियम-ओ-शर्तों में जकड़ा हुआ,
मजबूर कर्म ही नहीं कुछ और भी हूँ।

दुनिया की बनायी शर्तों का मोहताज़,
खोखला धर्म ही नहीं कुछ और भी हूँ।

---

1. अंग-प्रत्यंग, 2. आंख की ठण्डक

101. याद बिना किये

वक़्त-ए-फुर्सत था तो लम्हे आज गिना किये,
कितना वक्त गुज़र गया उन्हें याद बिना किये।

है काबिल-ए-मज़कूर वो ही वक्त ज़िन्दगी का,
एक जो तेरे साथ था, एक जो तेरे बिना जीये।

मिलती है सजा लगते हैं इल्जाम कभी-कभी,
जीसस चढ़े सलीब पर ज्यूँ गुनाह बिना किये।

देखे जो कदम बहकते, मयकश समझ लिया,
उन्हें क्या खबर नशे में हैं हम आज बिना पीये।

ज़ब्त-ए-नफ़्स[1] साक़ी को हमने दिखा दी आज,
जब मयकदे से उठ आये बा-अदब बिना पीये।

लफ़्ज़ों से आजकल कुछ परहेज़ करने लगे हैं,
गुजरते हैं बग़ल से अब कोई बात बिना किये।

फितरत बदलने का कभी लेती नहीं है नाम,
आती शब-ओ-रोज़ दर पे आगाह बिना किये।

हकीम को आज अपनी नब्ज़ दिखाई जाये,
इज़ाला-ए-मर्ज़[2] कर दे बस नाम बिना लिये।

ज़िन्दा हो तो ज़िन्दगी का सबूत भी दीजिये,
कैसे करें यकीन बात मुलाकात बिना किये।

दिल-ए-ज़ार[3] की क्या कहें ग़मज़दा है आज,
पहलू में आ कर चले गये बात बिना किये।

---

1. संयम, 2. रोग निवारण, 3. घायल